KB058985

2

ORC HERO
STORY

오크영웅이야기

촌탁열전

아잘레아

전쟁 당시 서큐버스군에게 가장
두려움을 사던 전사 중 하나로, 엘프
나라에서도 유명한 전투광이었던 여성.
남자가 생겨서 사람의 마음을 되찾았다

Azalea

제게는
마음을 정한 사람이 있습니다.

흣, 그렇다면
저 녀석도 좋은 상대를 찾을 수 있겠지.

내게 사랑하는 달링이 나타난 것처럼.

토리카부토

선더 소니아의 호위 겸 시중을 맡은 엘프
나라 군인. 타국과의 외교도 담당하며
그때 만난 여성과 곧 약혼 예정.

하나 정도 불놀이 감각으로 사귀어도 되잖아! 뭣하면 죽을 때까지 함께해 주겠어!

선더 소니아

엘프 대마도사이자 천이백 살이 된 대영웅. 항상 결혼 상대를 찾고 있지만 너무나도 높은 지위와 불명예스러운 소문 탓에 아직 독신.

Thunder Sonia

Characters

ORC HERO STORY

역시 냄새에는 비스트산이 나은가?
아니, 하지만 이런 쪽은 옛날부터 페어리 물건이 최고라고
시장에서는 정해져 있으니까......

ORC HERO STORY 2

CONTENTS

제2장 엘프의 나라 시와나시 숲 편

리후진 나 마고노테
illustration
아사나기
Rifujin na Magonote
Asanagi
2
오크 영웅 이야기
촌탁열전
ORC HERO STORY

일러스트 ─ 아사나기

촌탁: 타인의 심정을 헤아리는 것, 또한 헤아린 상대에게 배려하는 것.

(출처: 프리 백과사전 「위키피디아(Wikipedia)」)

STORY

시
와
나
시

숲
편

Episode
Shiwanashi

ORC HERO

제 2 장

엘프의 나라

Elf country

1. 시와나시 숲

시와나시 숲.

그것은 클라셀에서 남서쪽, 오크의 나라를 사이에 두고 정반대쪽에 존재했다.

시와나시라는 이름의 거목이 있다는 것 말고는 특별할 것 없는, 어디에나 있는 숲이었다.

하지만 그곳은 배시에게 추억이 깊은 땅이었다.

전쟁 중, 시와나시 숲은 격전지였다.

오크족 최강 씨족의 영토이자 오크족에게 최종 방어선이라고도 할 수 있는 장소였다.

이곳이 함락되면 오크는 북쪽에 있는 페어리의 거점과 연계를 취할 수 없게 된다.

그렇기에 엘프가 맹공격을 가했고 오크와 페어리는 그에 저항했다.

배시 역시도 이 숲에서 수도 없이 싸웠다. 어디에 어떤 초목이 자라는지, 지형의 기복은 어떻게 되는지. 그런 것까지 숙지했을 만큼 뛰어다녔다.

그 보람이 있었는지 오크족은 시와나시 숲의 방어에 성공했다.

희생은 컸다. 시와나시 숲의 씨족장도 죽었고 요새도 거의 불타서 무너졌다.

하지만 그럼에도 이 숲은 마지막까지 오크가 소유하고 있었다.

혹시 이 숲이 함락되었다면 오크와 페어리는 종전을 기다리지 못하고 멸망했을지도 모른다.

하지만 전쟁이라는 것은 잔혹했다.

종전과 동시에 오크가 죽기 살기로 지킨 시와나시 숲은 엘프의 소유가 되었다.

그뿐만 아니라 오크족의 영토였던 삼림 지대의 6할을 엘프가 가져갔다. 2할을 휴먼이 얻고 오크는 나머지 2할의 토지에서 근근이 살 수밖에 없었다.

다만 오크가 자랑한 서른 개를 넘는 씨족 대부분은 멸망했기에 불편함은 없었지만…….

"그럽네요……."

"그렇군."

그렇게 빼앗긴 숲을 향해 배시는 걷고 있었다.

방향을 따지자면 오크의 나라로 돌아간다고 해도 과언이 아니지만 목적지가 그쪽 방향이니까 어쩔 수 없었다.

"아, 당신당신! 여기, 기억하나요! 그게, 당신이 만신창이로 숨었던 구멍이에요!"

그러면서 젤이 가리킨 곳은 한 동굴이었다.

곰이 겨울잠에 사용할 법한 그 구멍은 일찍이 배시가 큰 부상을 당했을 때, 추격자로부터 도망치려고 사용한 구멍이었다.

"잊어버릴 리도 없지. 네가 와주지 않았다면 죽었다."

"또 그러시긴! 당신이 그 정도로 죽을 리가 없잖아요!"

당시는 겨울이고 구멍에는 곰도 있었다.

그래서 배시는 곰을 죽여서 고기를 먹으며 모피를 뒤집어쓰고, 분노를 몸에 발라서 냄새를 지우고, 곰인 척 행동해서 추격자 엘프들을 보냈다. 그렇다고는 해도 깊은 부상에 혈액도 많이 잃고 전투 중에 젤과 떨어진 탓에, 그대로 계속 숨어 있었다면 이윽고 죽음에 이르렀을 것이다.

젤이 필사적으로 찾고, 그리고 발견해주지 않았다면 『오크의 영웅』이라는 존재가 탄생하는 일도 없었을 터.

"슬슬 도착인가."

배시가 그렇게 말하는 것과 동시에 숲이 끊어지고 강이 모습을 드러냈다.

이십 미터 정도의 폭을 가진, 흐름이 빠른 강.

휴먼과 엘프의 국경선을 나타내는 언메트 강이다. 이 강을 건너면 엘프의 영지, 시와나시 숲이다.

참고로 이 강을 따라서 북상하면 지류인 바그 강과 합류 지점이 있다.

바그 강과 언메트 강 사이에 끼어 있는 것이 현재 오크의 영지다.

"그럼."

배시는 망설임 없이 강으로 걸음을 내디뎠다.

언메트 강에는 얕은 여울이라 걸어서 건널 수 있는 장소가 몇 군데 존재했다.

전쟁 중에는 그런 정보는 기밀이었지만 지금은 딱히 감출 일도 아니었다. 강의 상세 정보를 기입한 리자드맨의 지도도 판매될 정도였다.

하지만 개인이 이렇게 도하 가능한 장소를 아는 사람은 소수이리라.

배시는 그중 하나.

그렇기에 배시는 첨벙첨벙 강을 건너기 시작하고…….

"어라? 당신, 여길 건너는 거예요?"

젤이 말렸다.

"뭔가 문제라고 있나?"

"아니—, 문제라고 할까……."

지금은 기나긴 전쟁이 끝나고 어디든 자기 나라 일로 정신이 없는 시기.

다른 나라로 쳐들어가려고 생각하는 나라는 현재 없었다.

엘프도 예외가 아니었다. 전쟁이 끝난 직후에는 눈에 핏발을 세우고서 오크와의 국경을 감시했지만, 오크가 나오지 않는다는 사실을 안 뒤로 국경선 주위는 거의 경계하지 않게 되었다.

물론 가끔은 추방자 오크가 출몰하니까 전혀 경계를 하지 않는 것은 아니지만…….

특히 이곳 언메트 강은 휴먼과의 국경이다.

휴먼과 엘프는 양호한 관계이고 서로가 풍요로운 나라이기도 해서 그런지, 오크와의 국경보다 더더욱 경비가 허술했다.

아마도 누군가에게 발견되는 일도 없이 시와나시 숲으로 들어갈 수 있을 것이다.

"아무리 그래도 제대로 관문으로 들어가지 않으면 혼난다고요?"

"……그런가?"

"그래요!"

하지만 아무리 경비병 숫자가 적더라도 국경은 국경, 엘프는 오크가 자신들의 영토로 들어오는 것을 경계하고 있다.

기껏 설치한 관문을 통해서 들어온다면 모를까, 강을 건너왔다면 충분히 문제가 될 것이다.

"그런가…… 그럼 어떻게 하면 되지?"

배시는 그때까지 길을 통해서 당당하게 정면으로 들어간다는 방식을 거의 사용하지 않고서 살았다.

그래서 자연스럽게 잘 들키지 않는 길을 지나가려고 해버리는 것이었다.

"여기서 남쪽으로 가면 다리가 있어요. 거길 지나죠."

"알겠다."

배시는 고개를 끄덕이더니 강을 따라 남하하기 시작했다.

젤이 이렇게 말하니까 틀림없이 잘못될 일은 없으리라 생각하며.

"……그건 그렇고 이곳도 무척 변했네요."

잠시 후, 젤이 툭하니 말했다.

이곳, 이라는 말에 배시도 주위를 둘러봤다.

푸릇푸릇 울창한 나무들에 무척 투명한 강, 들리는 소리라면 찰랑찰랑 흐르는 강물소리 정도였다.

강가에서 고기를 잡고 낮잠이라도 자면서 보낸다면 최고일 것이다.

"그렇군."

하지만 그들이 아는 언메트 강은 이렇지 않았다.

리자드맨 원군을 맞이하기 위하여 강은 상류 쪽에서 막아서 수량은 지금의 절반 이하, 강폭도 좁았다. 막아둔 장소에서 거듭 펼쳐진 전투로 강 색깔은 시커멓게 물들고 몇 분마다 시체가 떠내려왔다.

나무들 역시도 전투의 여파로 검게 타거나 부러지거나 시들었다.

항상 어딘가 멀리서 소리가 들렸다. 오크의 워 크라이에 엘프의 마법 영창, 폭발음이나 칼이 부딪치는 소리.

강물이 흐르는 소리 따위가 들릴 리도 없었다.

"아니, 그게 아니군. 변한 게 아니야. 원래대로 돌아온 거다."

"어라어라, 오늘의 당신은 시인이네요! 하지만 바로 그거예요! 숲이라는 건 원래 이런 법! 이래야만 하는 거예요! 새파랗게 울창한 나무들, 맑은 강물 소리, 예쁜 꽃밭, 화창한 태양! 이런 숲을 뛰어다니는 건 정말로 기분 좋으니까요!"

"그런가, 너도 평범한 페어리 같은 소리를 하는군."

"잠깐! 당신, 그건 아니죠! 마치 내가 평범한 페어리가 아니라는 것처럼! 나는 그야말로 페어리 중의 페어리 같은 존재라고요! 페어리 더 페어리! 내가 페어리가 아니라면 대체 누가 페어리란 말인가! 뭐, 평범한 페어리 같은 생활에 질렸으니까 여기 있는 거지만요!"

"훗…… 응?"

그런 대화를 나누다가 배시의 코에 불쾌한 냄새가 닿았다.

고기 냄새였다.

다만 평범한 고기가 아니었다. 익숙한, 하지만 맡고 싶지는 않은 고기.

썩은 고기 냄새.

게다가 먹을 수 없는 썩은 고기 냄새였다.

오크는 상황에 따라서는 썩은 고기라도 먹을 수 있을 만큼 튼튼한 위장을 가지고 있다.

하지만 그런 오크라도 먹지 않는 것은 있다. 그것은 사람의 고기다.

물론 사람이란 오크로 한정되지 않고 다른 종족의 고기도 포함된다.

오크에게도 윤리관이라는 것은 존재한다. 전쟁 전에는 다른 종족도 태연하게 먹었다고 하지만 서로가 인간으로서 싸우며 같은 생물이라는 자각이 싹튼 것이리라.

"......"

배시가 시선을 돌리자 강 건너편에서 꿈틀대는 것이 있었다.

시선을 집중하자 그것은 고기였다.

흰색이 섞인 갈색과 보라색의 대리석 무늬 고기, 그대로 녹아버릴 것만 같이 썩었지만 신기하게도 형태를 유지하고 있었다.

사람 형태였다.

완전히 썩어버린 사람 형태의 고기.

"좀비네요."

"그래, 좀비다."

좀비는 배시 쪽을 흘끗 보더니 빨간 눈동자를 번쩍번쩍 빛내며 강 쪽으로 뛰쳐나왔다.

그리고 배시 쪽으로 달리기 시작했다.

좀비는 어째선지 산 자를 싫어한다. 산 자를 발견하면 덮쳐들어서 생명을 빼앗으려고 한다. 이유는 알 수 없다. 자신이 잃은 『생명』을 가진 자에 대한 질투인가, 혹은 죽음의 신이 그렇게 명령했는가…….

좀비는 그 습성에 따라서 배시 쪽으로 달려오고…….

첨벙, 강에 빠져서 떠내려갔다.

"나오네요, 이 부근."

"그런 모양이군."

전쟁 후, 혹은 전쟁 중에도 있었지만 다양한 장소에서 언데드가 출현했다.

특히 격전지일수록 좀비나 스켈레톤 출현율은 높았다. 강한 원한이나 미련을 가진 자일수록 쉽게 언데드로 변한다는 것이 정설이었다. 실제로 격전지가 된 지역은 "여기서 지면 국가 존망의 위기다" 같은 장소가 많았다.

전사들은 기합을 넣어서 싸우고, 그리고 죽었다.

죽어서는 안 되는 싸움에서 죽었다.

원한과 분노로 미처 죽을 수가 없다. 그렇기에 언데드도 많아지는 것이었다.

시와나시 숲은 그야말로 그런 지역이었다.

그렇기에 좀비가 출현하는 것도 결코 드문 일이 아니었다.

애당초 지금 이 세상, 좀비 자체는 드물지도 않았다.

오크 나라에도 좀비나 스켈레톤은 출현한다.

언데드의 종류는 오크로 한정되지 않고 오크 나라를 공격한 휴먼이나 엘프도.

페어리 나라도, 휴먼이나 엘프같이 페어리 나라를 공격한 종족 언데드가 드물게 출현한다.

그렇다면 휴먼 나라에도 나올 테고, 당연히 엘프 나라에도 나올 것이다.

참고로 페어리 좀비는 현재 출현하지 않는다.

하루하루를 되는대로 지내는 페어리는, 미련 따위는 남지 않는 것이다.

"가자."

"그러네요."

그렇기에 그들도 조금 전에 본 좀비는 그냥 넘기고 엘프와의 국경으로 서둘러 이동하는 것이었다.

◇

관문인 다리는 불과 2년 전에 막 생긴 곳이었다.

엘프와 휴먼의 나라 경계, 그런 이유에서 엘먼교라 불린다.

앞으로 엘프와 휴먼의 나라 사이에 교역이 활발해지도록, 또한 엘프와 휴먼의 우호를 바라고.

그런 느낌의 핑계로 지어진 이 다리는 튼튼한 석조 구조이고, 마차 두 대가 엇갈려서 지나갈 수 있을 정도의 폭이 있었다.

실제로 엘프와 휴먼 사이의 교역은 활발하게 진행되어 한 시간에 한 번은 상인의 마차가 통과했다.

한 시간에 한 번. 결코 많지는 않다. 활발해졌다고는 해도 아직 어느 나라든 국내의 상업에 활기를 불어넣는 시기니까 그런 것이었다.

한 시간에 한 번밖에 통행이 없으니까 경비병도 고작 둘뿐이었다.

본래라면 관세 같은 것도 설정해야 할 테지만, 네 종족 동맹 사이에는 아직 그런 것이 명확하게 정해지지 않았다.

전쟁이 너무도 길어서 전쟁이 벌어지기 전에 어떻게 했는지, 앞으로 어떻게 하면 좋을지 누구도 알 수가 없는 것이었다.

물론 전쟁 중에는 동맹국으로 보내는 지원 물자에 세금을 붙이는 일 따위는 없었다.

혹시라도 있었다면 비스트족처럼 금전적으로 여유가 없는 나라가 붕괴했을지도 모른다.

여하튼 앞으로 십여 년에 걸쳐서 그런 부분에서 문제가 생기기도 하며 법 정비가 진행될 것이다.

그렇게 엘프와 휴먼 사이, 혹은 네 종족 동맹 사이에서는 그런 느낌의 느슨한 국교가 진행되고 있지만…….

"이봐, 멈춰라! 네놈, 오크로군! 누구냐! 어째서 휴먼의 나라에서 왔느냐! 목적은 무엇이냐! 말해라!"

일곱 종족 연합이 상대라면 이야기는 달랐다. 특히 오크나 서큐버스는 종전 직전에 엘프와 격렬한 충돌을 되풀이하기도 해서 과민해진다.

이따금 오크의 나라에서 흘러드는 추방자 오크의 존재도 그에 박차를 가했다.

야만적이고 법을 지키지 않는 추방자 오크는 언제나 다른 나라에게 폐를 끼치는 것이었다.

그래서 당연하다는 듯이 젊은 두 엘프는 배시를 향해 활을 겨누었다.

"내 이름은 배시. 어떤 것을 찾아서 여행 중이다. 휴먼 장군 휴스턴에게 이곳에 내가 찾는 것이 있을지도 모른다는 정보를 듣고 찾아왔다."

"배시? 휴스턴 장군한테서……?"

배시를 노려보는 두 남성 엘프.

젊은 엘프일 것이다. 전쟁에 참가하지 않았든지, 혹은 종전 직전에 입대한 정도의. 그렇지 않다면 배시의 이름을 듣고서 떨지 않을 리는 없고, 애당초 배시를 간격 안으로 들이지도 않았을 터.

역전의 엘프는 숲에 녹아들어 모습을 감추고, 결코 오크의 간격 안으로 들어오지는 않고서 죽일 수 있다는 의사표시를 하며 심문을 진행한다.

그러지 않는 것은 신병뿐이다.

"이봐, 들었나?"

"아니, 못 들었어. 오크가 온다니."

"정보를 들었다는 것뿐이니까 단순한 여행자 아닐까?"

"그렇다면 통과시켜도 되나?"

"하지만 추방자 오크는 통과시키지 말라고…… 추방자인가?"

"추방자 구별법 같은 건 몰라."

배시의 당당한 태도에 그 순간 우물쭈물하기 시작하는 두 사람.

추방자 오크라면 이렇게 막아선 시점에서 습격하는 법이다.

혹은 불러 세우기도 전에 워 크라이와 함께 돌진해서 그대로 전투에 돌입한다.

그러지 않는 만큼 추방자 오크가 아닐지도 모르겠지만…… 하지만 눈앞의 오크가 거짓말을 하고 있을 가능성도 있었다. 쉽사리 판단할 수는 없었다.

"잠깐 괜찮을까요, 두 분. 이 형씨는 추방자 오크가 아니거든요!"

그때 시원스럽게 나선 것이 젤이었다.

젤은 둥실둥실 엘프 앞을 날아다니며 화려하게 연설을 시작했다.

"외람되오나 이분이야말로 오크의 대영웅 배시 님입니다! 오크의 나라 요인 중의 요인! 그야말로 VIP! 그런 분께서 여행을 하고 계신다니, 당연히 오크 킹의 허가를 받았지요! 이 분을 추방자 오크라고 한다면 오크의 나라에 있는 모든 오크를 추방자로 만들어 버리는 소리! 자자, 얼른 길을 비켜주세요!"

그 후, 젤의 입에서 배시를 칭송하는 단어가 줄줄 흘러나왔다.

최강, 무적, 무쌍, 맹자…… 나이 든 엘프가 자기 이야기를 할 때에 빈발할 것 같은 단어의 나열에 엘프 젊은이들은 얼굴을 찌푸렸다.

"알아?"

"오크 유명인 같은 걸 어떻게 알아. 거짓말하는 거 아냐?"

"수상한데."

"그래, 참으로 수상해. 페어리의 말 따월 믿을 수 있겠냐."

엘프에게는 이런 격언이 있다.

『요정의 길안내는 큰 화상의 근원』.

일찍이 엘프 여행자가 있었다.

그는 여행 도중, 수통에 구멍이 뚫린 것을 깨달았다.

수통의 구멍은 바로 막았지만 새어버린 물은 이미 없었다.

목은 바싹 마르고 머리도 어질어질, 수원을 찾아서 숲을 헤매는데 페어리가 나타나서 이렇게 말했다.

"이쪽이야, 이쪽, 물 있어요! 엄청 있어요! 틀림없이 있어요!"

엘프 여행자는 이 말을 믿고 페어리를 따라갔다.

그랬더니 확실히 샘터가 있었다. 엘프 젊은이는 크게 기뻐하며 물로 뛰어들었다.

다음 순간, 엘프는 비명을 질렀다. 처음에는 알아차리지 못했지만 그 물은 온천이었던 것이다.

온몸에 화상을 입은 엘프를 보고 페어리는 깔깔 웃었다고 한다.

요컨대 페어리는 적당한 소리밖에 안 하니까 중요한 결단을 내릴 근거로 써서는 안 된다, 그런 의미였다.

다만 그런 격언이 퍼지기 시작한 것은 최근이다.

전쟁 중인 엘프의 나라에 그런 여유는 없었다.

아마도 전쟁 중에 어딘가의 페어리한테 속아서 그런 격언이 생겨났을 것이다.

여하튼 두 엘프에게 비켜줄 기색은 없었다.

"통과할 수 없다는 건가?"

"그래! 오크 주제에 엘프의 나라로 들어올 수 있을 거라 생각하지 마라!"

"으음……."

그렇게 되면 배시 쪽도 곤란해진다.

혹시 아무런 정보도 없이 이 자리에 있다면 "그럼 다른 나라로 가볼까"라고 간단히 방향을 전환했을 것이다.

하지만 지금은 다름 아닌『돼지 살해자 휴스턴』의 정보로 움직이는 것이었다.

배시는 이곳 시와나시 숲에는 자신의 아내가 되어줄 아름다운 엘프가 틀림없이 있다고 생각했다.

여행의 목적을 생각하면 이곳을 그냥 넘어갈 수는 없었다.

물론 이것은 개인의 목적이니까 대의명분은 아니었다.

밀고 들어갈 이유가 되지는 않았다.

그래도 단순히 오크라는 사실 때문에 입국을 거부당한다면 배시도 물러날 수는 없었다. 엘프의 나라와 맺은 조약에『오크를 전혀 받아들이지 않는다』같은 문장은 존재하지 않으니까.

배시에게 잘못은 없었다.

"이봐 너희들, 뭘 하는 거냐! 길을 막지 마라!"

그때 마차 한 대가 다가왔다.

휴먼의 나라에서 엘프의 나라로 가는 마차였다.

마차는 배시 바로 뒤에 멈추더니 마부석에 앉은 남자가 그렇게 외쳤다.

찰랑찰랑한 금발에 긴 귀를 가진 남자…… 엘프였다. 국경 경비병과 비슷한 복장인 것을 보면 군속이리라.

"엘프의 나라로 입국하길 바라는데 통과시켜주질 않아서 말이다."

"응? 오크……?"

마부는 배시의 모습을 확인하고는 수상쩍다는 시선을 보냈다.

하지만 금세 경비병 쪽으로 시선을 옮겼다.

정체 모를 오크보다 자국의 경비병에게 이야기를 듣는 편이 빠르다, 그런 판단일 것이다.

"이봐, 무슨 소리냐. 설명해라!"

"옛!"

아무래도 마부석의 남자는 국경 경비병보다 지위가 높은 모양이었다.

엘프 병사 두 사람은 직립부동 자세로 사정을 설명하기 시작했다.

갑자기 오크가 나타나서 찾을 것이 있으니까 입국을 바랐다는 것.

수상한 페어리가 함께 있다는 것.

추방자 오크가 아니라 그냥 여행자라고 주장한다는 것. 하지만 어떻게 생각해도 수상쩍어서 통행을 막았다는 것.

"거기 오크, 지금 이야기는 정말인가?"

"정말이다. 나는 추방자 오크가 아니야."

"맹세할 수 있나?"

"위대하신 오크 킹 네메시스께 맹세하지."

그 말에 마부는 "호오"라며 숨을 흘렸다.

그는 오크의 선서에 담긴 의미를 알고 있었다.

이렇게 선언할 수 있는 것은 오크 사회에서도 불과 한 줌, 대전사장 이상의 전사뿐. 오크 킹의 이름을 걸고 맹세한다는 것은 거짓말이라면 사형마저도 받아들이겠다는 의미라는 사실을.

다시 말해 눈앞에 있는 이 오크는 오크 나라에서 지위가 있는 인물이고, 그런 인물이 국외에서 돌아다니는 것을 오크 킹이 승낙했다는 의미였다.

그렇다고는 해도 그런 의미라면 다른 의문이 떠오른다.

어째서 그는 여기에 있나.

찾을 것이란 대체 무엇인가…….

그것을 알 수 없다면 통과시키지는 않아야 하지 않을까…….

"상관없잖아, 딱히. 통과시켜줘도."

그렇게 발언한 것은 마부가 아니었다.

발언은 마차 안에서 들렸다.

여자 목소리였다.

"전쟁은 끝났고, 오크는 약속을 지키고 있어. 확실히 추방자 오크도 가끔 있지만…… 오크 킹에게 허가를 얻은, 제대로 된 여행자라면 심술궂게 굴 것 없잖아?"

생각하지 않은 조력에 배시의 가슴에 두근 뛰었다.

엘프 여자의 투명한 목소리는 언제나 오크를 매료시키는 것이었다.

"하지만 소니아 님, 오크가 여행을 한다니 들어본 적도 없습니다."

"전쟁이 끝나고 삼 년이나 지났어. 오크 중에도 여행을 나서는 녀석 정도는 있겠지. 게다가 네메시스 녀석이 그걸 허락했다면 추방자도 아니잖아. 그렇지?"

"증거도 없는데 믿을 수 있겠습니까?"

"허어? 너, 오크가 오크 킹의 이름을 꺼내는 의미를 모르는 거야?"

"알고 있습니다만, 추방자 오크라는 건 오크 킹의 명령을 따르지 않는 자들이니…… 아무렇게나 지껄이는 것뿐일 가능성도."

"있겠지! 하지만 생각해봐. 오크가 진심으로 나라로 들어가고 싶다면, 몰래 언메트 강을 건너면 그만이야. 이제까지의 추방자 오크는 다들 그랬잖아? 그런데 정면으로 당당하게 와서 오크 킹과 휴스턴의 이름을 꺼내면서 들여보내 달라고 그랬지? 그 휴스턴이라고, 『돼지 살해자』라는. 거짓말을 한다면 좀 더 그럴듯한 이름을 꺼낼 거 아냐? 그렇지?"

"으─음, 확실히…… 어쨌든 소니아 님께서 그렇게 말씀하신다면. 이봐, 너희들. 길을 열어줘라!"

마부가 그렇게 말하자 엘프 병사들은 곧바로 활을 내리고 들어오라는 듯 배시에게 길을 양보했다.

그것을 확인하고 마부는 말에게 채찍질했다.

마차는 배시를 지나서 다리를 나아가기 시작했다. 배시는 마차에게 길을 양보하며 올려다보고 한마디.

"감사한다."

그렇게 말했다.

그에 대답한 것은 마부가 아니었다.

"음, 신경 쓰지 마! 지금은 평화로운 시대니까 말이야!"

마차 창문으로 얼굴을 내민 것은 아름다운 엘프 여성이었다.

높은 콧대에 파란색 날카로운 눈, 뾰족한 턱, 긴 귀. 얼굴은 작

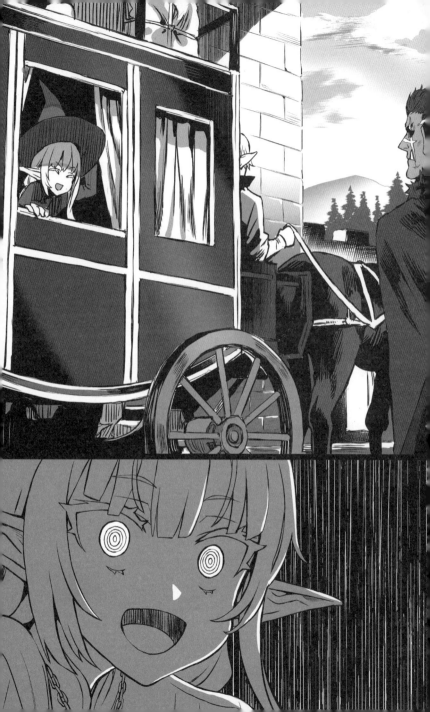

고 가슴도 엘프답게 아담.

아마도 메이지일 것이다. 차양이 넓은 모자를 찰랑찰랑한 금발을 누르듯이 뒤집어쓰고 복장도 엘프다운 진녹색 로브였다.

"뭐, 나도 이래 봬도 높은 사람이니까 말이야, 이 정도는…… 어! 너! 그갸악!"

마차에서 얼굴을 내민 여성은 배시의 얼굴을 본 순간, 펄쩍 뛰었다.

그대로 마차 창틀에 정수리를 부딪쳐서 개구리가 짓뭉개지는 듯한 소리와 함께 마차 안으로 사라졌다.

마차 안에서 다시 한번 퍽, 둔탁한 소리가 들렸지만 동시에 마차가 돌을 밟고 덜커덩 큰 소리를 냈기에 마부는 그 소리를 듣지 못했을 것이다.

여성은 아마도 마차 안에서 기절했을 테지만 그것을 알아차린 사람은 아무도 없었다.

혹은 평상시라면 배시가 알아차렸을 것이다.

하지만 지금 그는 그럴 겨를이 아니었다.

"참으로 아름다워……."

오랜만에 본 엘프 여성.

그것도 그야말로 엘프 그 자체인 분위기의 아름다운 엘프. 이상적인 엘프 여성을 구현한 것만 같은 그녀에게 배시는 마음을 빼앗겼다.

아아, 엘프 여성은 이 어쩌나 아름다운 것일까.

이제까지 적이었으니까 제대로 본 적은 없지만, 그야말로 이상적이었다. 휴먼은 아무리 아름다운 여성이라도 어딘가 둥그스름한 느낌이지만 엘프에게는 그것이 없었다.

마치 칼집에서 뺀 나이프 같은 아름다움이 있었다.

어느 쪽도 버리기 힘들다. 하지만 아름다움이라는 관점에서 말하자면 틀림없이 엘프다.

역시 휴스턴의 말은 사실이었던 것이다.

자신의 여신은 이 땅에 있는 것이다.

"어라……? 지금 그 엘프, 어디선가 본 적 있는 것 같은데?"

젤은 고개를 갸웃거렸지만 배시에게 그런 이야기는 아무래도 상관없었다.

얼른 엘프 여자와 친해지자며 서둘러 마을을 향해 걸어가는 것이었다.

2. 엘프의 마을

엘프의 나라 시와나시 숲의 마을.

배시가 그곳으로 발길을 내딛자 순식간에 위병들이 주위를 포위했다.

하지만 배시가 당당하게 이름을 댔더니 위병 하나가 "조금 전 소니아 님께서 입국을 허가하셨다는 연락이 있었다"라고 말하고, 위병들은 "역시 소니아 님이야" "본인도 생각하는 바가 있을 텐데……참으로 마음이 넓으셔"라고 저마다 대화를 나누며 해산했다.

배시는 국경에서 도와준 아름다운 엘프 상대에게 감사하며 마을로 진입했다.

엘프의 마을 구조는 돌과 나무를 조합한 휴먼 마을과 다르게 나무만을 사용했다.

마을 입구에 외부에서 온 손님을 맞이하기 위한 숙소나 가게 따위가 늘어서 있는 것은 휴먼 마을과 마찬가지.

다른 것은 휴먼 마을의 중심 부근에는 성이나 저택이 있는 반면, 엘프 마을의 중심에는 배시가 서른 명 정도 양손을 맞잡고 원을 만든 것과 같은 정도의 둘레를 가진 두꺼운 나무가 서 있는 점일까.

높은 계급의 엘프들은 그 나무 위에 건물을 만들고 그곳에서 산다.

이 나무의 이름은 시와나시.

나무의 이름이 그대로 숲의, 나아가서는 마을의 이름이 된 것이었다.

마을로 들어선 배시와 젤의 시야에 날아든 것은 빨간색과 노란색의 컬러풀한 가옥이었다.

"엘프 마을도 무척 변했군."

배시는 그것을 보고 툭하니 그렇게 중얼거렸다.

전쟁 중, 배시는 몇 번인가 엘프의 촌락을 공격한 적이 있었다.

배시의 기억에 있는 엘프의 가옥은 항상 나뭇가지와 이파리를 묶은 그물이나 녹색과 갈색의 위장 무늬 천으로 덮여 있었다.

얼핏 보는 것만으로는 건물의 정확한 숫자가 크기는 물론, 그곳에 건물이 있다는 것조차 판별하기 어려울 정도였다.

"으햐―, 엄청 꽃밭 같은 색깔이네요! 전쟁이 끝났으니까 엘프도 꾸미는 데 눈을 떴나요?"

"마을을 감출 필요가 사라졌을 뿐이겠지. 위장 밑은 원래부터 이런 색깔이다."

"흐―응…… 그건 그렇고 다른 종족이 무척 많네요."

"그렇군."

배시가 길을 걷고 있었더니 엘프가 아닌 종족의 모습이 많이 보였다.

익숙한 휴먼, 털이 많고 특징적인 코를 가진 비스트, 낮은 키에 수염이 난 드워프…… 주로 네 종족 동맹이었던 나라 사람들이지만, 아무리 본토와 떨어진 곳이라고 해도 이만큼 다른 종족이 있는 곳은 드물다.

참고로 가장 많은 것은 휴먼이었다.

게다가 어째선지 휴먼 옆에는 엘프 이성이 붙어 있는 경우가 많았다.

이것은 무척 보기 드문 광경이었다.

배타적인 엘프가 이만큼 휴먼에게 마음을 허락하다니. 무언가 이상한 일이 벌어지는 느낌이었다. 배시의 탁월한 전투적 감각은 그렇게 이야기했다.

"뭔가, 이상하군."

"그러네요. 엘프라면 좀 더 이렇게, 싸움을 좋아한다는 이미지가 있는데."

엘프라면 배타적이고 공격적.

그러면서 비밀주의라서, 자신의 구역으로 침입한 다른 종족은 곧바로 배제하려 움직인다고 일컬어진다.

엘프는 최후의 십여 년 이외, 설령 동맹국이었을지라도 다른 종족의 군대를 마을에 주둔시키는 것조차 거부했다고 한다.

그런데도 마을 안은 다른 종족으로 넘쳐났다.

배시가 간단히 마을로 들어올 수 있었던 것도 신기했다. 아무리 높은 인물의 한 마디가 있었다고는 해도 오크를 이렇게나 간단히 안으로 들여보내다니, 상식적으로 생각하면 있을 수 없는 이야기였다.

"아마 축제라도 있는 거겠죠! 잠깐 물어보고 올게요!"

쇠뿔도 단김에 빼라는 듯이 젤이 커플 쪽으로 날아갔다.

배시는 그것을 말리지 않고 걸어가며 거리를 가는 사람들을 봤다.

그에게 엘프 여성을 바라보는 것은 그것만으로도 눈보신이 되니까.

거리낌 없는 시선으로 오가는 사람들을 보고 있다가 배시는 어떤 사실을 알아차렸다.

엘프는 여성뿐이었다.

남성 엘프도 다소 있지만 숫자는 적었다. 하지만 거리를 걷는 사람들이 여성뿐이냐면 그렇지도 않았다.

엘프가 아닌 종족은 대부분이 남성이었다. 게다가 다른 종족의 남자들은 엘프와 팔짱을 끼거나 손을 맞잡은 경우가 많았다.

남성과 함께 있는 여성 엘프는 참으로 행복하다는 표정으로 남자를 보고 있었다.

친밀하다는 말이 그야말로 그대로 들어맞는 듯한 광경이었다.

남성과 친밀하게 걷는 여성 엘프 중에는 배가 볼록하게 부푼 사람도 있었다.

임신한 것이다. 남성 쪽도 행복하다는 표정인 것을 보면 아무래도 짝인 듯했다. 엘프가 다른 종족 남자와.

참고로 그것을 보는 단독 여성 엘프 중에는 죽은 물고기같이 탁한 눈빛인 사람도 많았다.

원한과 증오를 담은, 가라앉은 눈빛.

전쟁 중에 몇 번이나 본 적이 있는 눈빛이었다.

하지만 전쟁은 끝나고 이렇게나 평화로운 분위기가 흐르는 마을에서, 어째서……?

"……."

의문은 끝이 없었다.

배시는 수상쩍어하며 거리를 걸었다. 그러다가 공원 같은 곳에서 휴먼 남성 하나를 상대로 엘프 여성 셋이 구애를 하는 모습을 발견했다.

"나는 있지, 요리를 잘하고 세심하다는 말을 자주 들어. 정말이야."

"내가 당신을 가장 좋아해. 그것만큼은 지지 않아."

"나는 모든 걸 바치는 타입이야, 나랑 결혼해준다면 절대로 후회하진 않아."

그런 구애의 문구에 남성 쪽은 인중을 잔뜩 늘이고서 "이것 참, 곤란하네~. 좀처럼 고를 수가 없는데~" 같은 소리를 했다.

참으로 부러운 광경이었다.

배시의 눈으로 봐도 엘프 여성 셋은 아름다웠다.

다들 늘씬하고, 날카로운 눈매에, 아름다운 금발⋯⋯.

각각 얼굴에 흉터가 있거나 손가락이 두 개 정도 없거나 한쪽 눈이 망가지거나 했지만 배시가 보기에는 마이너스가 되지 않았다.

몸의 상처는 오랜 전쟁에서 끝까지 싸운 증거. 전사의 긍지다.

몸매도 엘프치고는 탄탄해서 건강해 보이니까 튼튼한 아이를 낳을 듯했다. 누구를 아내로 삼더라도 후회하지는 않을 것이다.

배시는 자신이라면 냉큼 하나를 골라서 동정을 버리고 행복한 가족생활을 보낼 것이라 생각했다.

뭐, 생각해봐야 공허할 뿐이었지만.

"⋯⋯어?"

그때 엘프 하나가 배시의 시선을 알아차렸다.

"뭐야?"

그 순간, 그녀의 동공이 암살자처럼 오므라들었다.

다음 순간, 셋이 일제히 배시 쪽을 봤다. 분위기에 단숨에 살기가 섞였다.

"이봐, 뭘 보는 거야. 오크 따위가 쳐다보지 말라고."

"우리 엘프 나라 제31독립분대랑 붙어보고 싶냐? 애당초 네놈은 어디로 들어왔느냐, 추방자는 아닌 모양인데."

"그보다도 이 녀석 어디서 본 적 없어?"

"몰라. 오크 따위를 구분할 수 있을 리가 없잖아……. 아니, 하지만 어디서 봤는데?"

"대대장 같은 거 아냐? 갑옷을 입지 않았을 뿐이지."

갑작스러운 변화에 배시는 살짝 당황했다.

하지만 오히려 엘프 전사답다고 생각했다. 그렇다. 역시 엘프는 이래야 한다. 배타적이고 공격적. 다른 종족을 보면 물고 늘어지는 정도가 딱 좋다.

엘프 나라 제31독립분대라는 부대 이름을 들은 기억은 없지만 그녀들은 그야말로 전쟁을 헤쳐 나온, 살아남은 전사일 것이다.

"미안하군. 조금 신기하다고 생각했을 뿐이다."

"어? 뭐가."

"어째서 엘프 셋이 휴먼 하나를 두고서 다투느냐고."

"……."

그녀들은 멍하니 얼굴을 마주 봤다.

하지만 몇 초 정도 후, 얼굴을 새빨갛게 물들이며 일어서서 배시 쪽을 노려봤다.

"이 자식, 시비 거는 거냐, 어?"

"우리가 걸신들린 하이에나처럼 보이냐, 어어?"

"죽고 싶은 모양이군, 그렇군."

멱살을 붙잡을 수 있을 정도로 거리를 좁히자 배시는 당황했다.

"아니……."

세 엘프에게서는 참으로 좋은 향기가 났으니까.

게다가 그녀들은 엘프치고는 피부 노출이 많은 옷을 입어서 하얀 어깨나 가슴께가 엿보였다.

그렇게 바싹 다가오면 배시의 사타구니가 커질지도 모른다.

배시는 반걸음 정도 물러나며 그녀들의 물음에 답했다.

"그럴 생각은 없다. 시비를 건다면 좀 더 알아듣기 쉽게 걸겠지."

"호오, 우리한테는 꽤나 알기 쉽게 시비를 거는 것 같던데 말이지? 어?"

"그건 미안하군. 그저 막 이 나라에 와서 모르는 일투성이야. 어째서 다른 종족의 남자가 이렇게나 많고, 엘프 여성과 함께 다니는지……."

배시가 솔직하게 그리 말하자 엘프 여성들은 또다시 얼굴을 마주 보고 "진짜?"라는 표정을 지었다.

그리고 다시 한번 배시의 얼굴을 쳐다봤다.

뜨거운 그 시선에 배시의 가슴이 두근두근 울리기 시작했다. 전장에서도 이렇게나 심박 수가 올라가는 경우는 드물었을 것이다.

"칫, 진짜로 모르는 모양이네."

"하아…… 정말이지."

하나가 어깨를 으쓱이고 하나가 한숨을 내쉬었다.

그리고 마지막 하나가 쉭쉭, 배시를 손으로 물리쳤다.

"그런 거라면 그냥 봐주지. 가라고. 확 날려버리기 전에."

"……알았다. 실례하지."

배시는 아쉽다는 듯 그 자리를 떠났다.

조금 더 엘프 여성들과 대화를 나누고 싶었다.

휴먼 하나를 두고 다투는 이유를 알고 싶었고, 무엇보다 엘프 여성의 목소리는 듣기 좋았다. 날이 서 있다면 더더욱.

하지만 가라고 그러니까 따를 수밖에 없었다.

이 이상 이곳에 있다가는 싸움이 벌어지고 만다.

배시는 오크다. 싸움을 건다면 받아주는 것에 주저하지 않는다.

하지만 배시가 원하는 것은 싸움 상대가 아니다. 결혼 상대다.

싸움에 이긴다고 해도 그녀들과 결혼할 수 없다는 것은 명백했다.

"아, 아니…… 미안해, 아무래도 나는, 하하, 너희와는 조금 안 맞는 것 같으니까, 이만 실례하도록 할게, 하하하……."

"어, 잠깐잠깐. 지금 그건 아니야! 정말로!"

"그래! 아니야. 오크는, 마음에 안 드는 남자는 금세 싸워서 박살 내버리니까…… 그래, 당신을 지키려던 거야."

"나, 당신을 위해서라면 상대가 드래곤이라도 싸울 수 있어. 정말이야. 그게 나, 모든 걸 바치는 여자인걸."

등 뒤에서 그런 대화가 들렸지만 배시는 돌아보지 않았다.

싸움에 응하지 않았을 경우, 무슨 소리를 하더라도 돌아보지 않고 그 자리를 떠나는 것이 매너다.

오크에게 고개를 돌려 상대를 본다는 것은 "역시 그 싸움, 받아들이겠습니다"라는 말과 같은 뜻이다.

참고로 시비를 건 쪽도 받아주기를 원하니까 도발을 반복한다.

"……후우."

엘프들과 충분히 거리를 둔 뒤, 배시는 길가에 있던 나무에 등을 기댔다.

모르는 일이 가득했다.

어째선지 엘프의 마을 안을 돌아다니는 다른 종족 남성. 어째선지 숫자가 적은 엘프 남성. 어째선지 다른 종족 남자에게 모여드는 엘프 여성……

그렇다고는 해도 자세히 보면, 다른 종족 남성과 걷고 있는 것은 전직 병사인 사람이 많아 보였다.

전체적으로 자세가 예리하고 움직임도 시원스러웠다. 몸에 결손이 있는 사람도 많았다.

무언가 군대와 관련된 축제라도 있는 것일까…….

"잠깐! 잠깐! 잠깐!"

배시가 그런 생각을 하는데 앞쪽에서 무언가 빛나는 물체가 날아왔다.

그 비행 물체는 배시 쪽으로 똑바로 날아오더니 그의 얼굴에 찰싹 달라붙었다.

"자, 자, 잠깐! 당신! 당신! 큰일이에요! 큰일이라고요!"

젤이었다.

그도 당연했다. 배시의 얼굴로 와서 굳이 달라붙는, 목숨 아까운 줄 모르는 비행 물체는 거의 없다.

"무슨 일이지?"

"엄청난 사실이 판명되었어요! 엄청나요! 진짜 엄청나요!"

배시는 자신의 얼굴에 달라붙은 페어리를 떼어내고는 물었다.

페어리는 새파랗다고도 새빨갛다고도 표현하기 어려운 절묘한 얼굴이었다.

동요한 것은 틀림없었다. 동시에 흥분하기도 한 모양이었다.

이 페어리가 이렇게까지 흐트러지는 경우는 드물었다.

언제나 덜렁대고 언제나 무사태평한 젤이 허둥대며 배시의 얼굴에 달라붙다니, 전쟁 중에도 셀 수 있을 정도…… 아마도 이곳 시와나시 숲에서의 전투정도…… 아니, 그전에도 있었다, 샌드리온 언덕 전투에서, 하지만 분명히 허니 포레스트 전투에서도…… 의외로 있었나…….

여하튼 젤이 이렇게나 허둥댈 때는 반드시 중대한 사실을 발견했을 때였다.

오크 씨족장 바라벤이 죽었을 때, 데몬 왕 게디구즈가 당했을 때, 모반을 당한 킬러 비 퀸이 딸에게 먹혔을 때…… 그밖에도 몇 차례.

무엇이든 충격적이고, 무엇이든 힘이 빠질 법한 비보였다.

무슨 일이 벌어졌느냐.

"진정해라."

배시는 마구 날아다니는 페어리를 꽉 붙잡아 진정시키고 이야기를 들었다.

무슨 이야기를 들었느냐.

하지만 무슨 이야기를 들었을지라도 문제없다. 배시는 오크 영웅이다. 어떤 불리한 전투일지라도 각오는 되어 있다. 설령 그 싸움이 불가피할지라도 오크답게 싸우고 산산이 흩어질 각오가. 하지만 싸움과 관계가 없는 경우, 힘겨운 심경을 느끼기는 한다.

설마 오크 킹 네메시스의 신변에 무언가……?

오크의 나라에 위기가?

불안에 시달리며 배시는 물었다.

"무슨 일 있었나?"

"세상에, 세상에, 세상에나! 지금, 엘프의 나라에서는……."

흥분을 그대로 담아서 페어리는 말했다.

충격적인 사실을.

이제까지의 의문에 대한 해답을.

"이종족과의 결혼이 유행이라고 해요!"

터무니없는 낭보를.

ORC HERO
STORY
오크영웅이야기
촌 탁 열 전

3. 유익한 정보

엘프.

종족적인 평균 수명은 약 오백 살.

주된 서식처는 바스토니아 대륙 남서쪽의 숲이지만 남동부나 북서부에도 널리 분포되어 있다. 배타적이고 공격적이며 자존심이 강해서 자신의 영역에 침입한 다른 종족을 상대로는 곧바로 배제하려고 든다.

전체적인 개체 수는 적고 체격도 크지는 않지만 검과 활, 물과 바람 마법을 잘 다루면서 은밀한 움직임에 능하고, 장수하기도 하여 역전의 전사가 많고 전체적으로 봐도 강하다.

……그것이 전쟁 중에 다른 종족이 가진 인식이었다.

그다지 틀리지는 않았다.

하나만 다른 점을 언급하자면 이제는 배타적이지 않다는 사실일까.

오랫동안 이어진 전쟁이 끝나고 엘프의 나라에도 새로운 바람이 불기 시작한 것이었다.

특히 다른 종족, 휴먼이나 드워프 같은 과거의 동맹국들과 교류가 활발해졌다.

교역은 물론 단순한 여행까지. 장수하는 엘프라고 해도 지금은 모든 개체가 전쟁 중에 태어났다. 최연장자조차 세상 물정에 어두운 자가 많았다.

우리는 장수하니까 박식하고 너희는 단명하니까 천지 분간 못하는 바보, 그것이 엘프의 사실상 표준이었지만 전쟁이 끝나고 보니까 글쎄, 자신들은 박식하다는데 대체 뭘 안다는 걸까……가 되어버린 것이었다.

오랜 전쟁으로 엘프의 지혜와 지식의 축적도 전부 사라져버렸다. 서적도 남지 않았다.

뒷받침할 것이 없으니 높은 자존심을 가진 엘프도 줄어들었다.

그런 이유로 현재 엘프는 전통을 벗어던지고 다른 나라의 문화를 마구 받아들이는, 다채로운 나라로 변모하려 하고 있었다.

앞으로 다시 천 년 정도 지나면 지혜와 지식이 축적되어 자존심도 올라가겠지만…… 여하튼 지금은 자국을 부흥시키는 것이 최우선이었다.

그러나 나라의 부흥에는 반드시 어떤 것이 필요하다.

현재 대부분의 나라에서 부족한 그것은 엘프의 나라도 예외가 아니었다.

그렇다, 인구다.

그리하여 시작된 것은 베이비붐…… 나아가서는 결혼 유행이었다.

엘프의 특권 계급, 속된 말로 하이 엘프라 불리는 자들부터 시작된 그것은 엘프 서민에게도 전파되고 있었다.

결혼하라. 낳아라. 늘려라.

그렇다고는 해도 엘프는 전쟁 때문에 안 그래도 적은 개체 수가 더욱 줄어들었다.

특히 서큐버스군과 정면충돌을 되풀이한 엘프 나라는 남성 전사자가 많아서 여성이 넘쳐나는 결과가 되었다.

엘프가 드워프처럼 일부다처제라면 그래도 문제는 없었을 테지만, 엘프의 상식으로는 결혼 상대가 죽을 때까지 단 한 사람을 계속 사랑하는 것이다.

그래서 엘프 왕 노스폴은 어떤 정책을 내세웠다.

『하프 엘프 정책』이라 불리는 그것은, 엘프와 결혼해준 다른 종족 남성에게 국적과 보조금을 주는 것.

다른 종족 남성을 유치해서 엘프 여성과 결혼시키겠다, 그런 의도가 있었다.

의도는 성공.

특히 전쟁 중에 엘프의 아름다움에 마음을 빼앗긴 많은 휴먼이 그 정책에 끌려들어, 인중을 길게 늘어뜨린 남성이 엘프 나라로 잔뜩 찾아왔다.

그렇게 하다가 온 나라가 하프 엘프로 가득해지면 어떻게 하려는 것이냐.

그런 목소리도 있었지만 여하튼 엘프는 긴 수명을 가진, 느긋한 종족이다.

어느 타이밍에 정책을 중단하면 하프 엘프는 순혈인 엘프와 어울리게 되고, 그것을 반복하면 언젠가 다른 종족의 피가 옅어져서 순혈에 가까운 엘프만 남게 된다고 생각했다.

그래서 현재 엘프의 나라는 엘프와 결혼하고 싶어 하는 다른 종족과 엘프의 나라에서도 남아도는 엘프 여성이 넘쳐나며 각지에서 결혼 활동이 진행되는 것이었다.

　다른 종족과의 결혼이 기피되지 않는 이 상황.

　배시에게 천재일우의 기회라고 할 수 있었다.

◇

　"그렇게 되어서 현재 엘프 나라는 결혼 유행! 엘프 여자 재고가 남아돌아요! 당신의 여자도 반드시 찾을 수 있을 거예요!"

　"그래!"

　배시와 젤은 여관에서 작전 회의 중이었다.

　휴스턴이 어째서 엘프의 나라로 가라고 했는지 모르는 상태에서 와봤는데, 이런 상황이라면 납득이었다.

　생각해 보면 마을로 들어왔을 때부터 위화감은 계속되었다.

　처음 마을로 들어왔을 때, 배시는 기이한 시선을 맞닥뜨렸다.

　당연하다. 여하튼 오크가 마을로 들어오는 일은 거의 없고, 있더라도 추방자 오크가 잠입하는 경우 정도였을 테니까.

　물론 병사들도 배시를 둘러싸고서 사정 청취를 시작했다. 하지만 금세 엘프들은 "뭐, 오크라고는 해도 평범한 여행자라면" "소니아 님께서 그렇게 말씀하셨다면……" 그러면서 물러났다.

　본래라면 있을 수 없는 이야기였다.

　전쟁이 끝나고 삼 년이나 지났다고는 해도 그렇게나 공격적인 엘프가 그런 태도를 취할 리가 없다.

　하지만 엘프 나라 전체에 그런 기류가 흐른다면 무리도 아닌 일이었다.

"그래도 엘프와 오크라면 견원지간이에요. 아무리 이종족 결혼이 융성한다고는 해도, 있는 그대로 가봐야 차이는 건 눈에 선해요."

"알고 있다. 뭘 하면 될까?"

"이것저것 있겠지만 뭐, 기본은 휴먼이랑 같아요. 다만 엘프라면 페어리랑 무척 닮았거든요. 숲을 사랑하고 숲에게 사랑받는, 숲의 수호자…… 그런 엘프 나름대로의 방식이나 주장을 존중하는 게 중요해요! 그리고 향수는 꽃향기가 나는 게 좋아요! 복장도 지나치게 맨살을 드러내지 않는 게 좋고요. 엘프에게 맨살을 드러낸다는 건 특별한 일이니까요!"

배시는 자신을 내려다봤다.

오크다운 복장이기는 하지만…… 엘프는 맨살을 드러내는 것을 꺼린다고 한다.

가능한 한 맨살을 가리는 편이 낫다는 것은 틀림없다.

그렇다면 조금 전에 만난 세 엘프가 맨살을 노출하고 있던 것도 신경 쓰이는데…….

그 엘프들에게 그 휴먼은 특별한 존재였다고 생각하면 이상하지는 않았다. 오히려 특별하다고 여겨진다면 엘프 쪽에서 맨살을 드러내 줄 것이다.

배시의 가슴은 기대감으로 부풀어 당장에라도 터질 것 같았다.

"그렇군!"

"우선은 옷차림을 갖추죠, 자자! 옷 가게로 가요! 맡겨요, 가게 위치는 진즉에 조사를 마쳤으니까!"

그래서 배시는 젤이 시키는 대로, 여관 근처에 있는 가게로 가게 되었다.

　그 가게는 정말로 여관 근처에 있었다. 옆이었다.
　배시의 입장에서는 지나치게 작은 입구를 지나자 그곳에는 오크 나라에는 존재하지 않을 만큼 각양각색의 옷이 죽 진열되어 있었다.
　기본적으로는 녹색이나 갈색, 노란색 같은 색상을 바탕으로 한 엘프 옷이지만 휴먼 스타일 옷도 몇 가지 놓여 있었다.
　"어느 게 좋을까요―."
　"엘프 옷의 품질 같은 건 모른다. 갑옷이라면 알겠지만……."
　"아, 이 가게는 다른 종족이 자주 방문하는 걸 상정해서 다양한 종족의 옷을 진열해둔 모양이에요! 틀림없이 당신한테 맞는 것도 놓여 있어요!"
　젤이 말했다시피 가게에는 휴먼이나 드워프의 체격에 맞춘 사이즈의 엘프 옷이 죽 진열되어 있었다.
　그렇다고는 해도 오크 사이즈의 옷은 없는 모양이었다.
　가장 큰 사이즈라도 고작해야 신장 이 미터 정도일 것이다.
　"칫, 오크인가……."
　젤과 둘이서 고민하고 있었더니 가게 안쪽에서 주인이 나타났다.
　주인은 머리에 풀 장식을 단 엘프 남성으로 연령은 알 수 없었다.
　그는 배시를 보고 경계심을 드러냈다.
　"그분께서 마을로 들어셨다니까 어떤 오크인가 싶었더니, 그냥 그린 오크 아닌가……. 가게 안에서 설치기라도 해봐. 이래 보여도 나는 전쟁 중, 이 부근에서 오크를 몇 마리나 박살……."

하지만 잠시 배시를 본 뒤, 퍼뜩 무언가를 알아차렸다.

그리고 부들부들 떨기 시작했다.

"서, 설마, 널 마을로 들이셨냐고…… 그분께서……?"

"무슨 일인지 모르겠지만, 확실히 관문에서 한 여성의 조력을 받았다."

"큭…… 이 어찌나 마음이 넓으신 분인가……."

주인은 한동안 전율을 감추지 못하는 모습이었지만 잠시 후, 체념한 듯 한숨을 내쉬었다.

"그래서, 뭐 하러 왔지?"

"옷을 사러 왔다. 엘프는 맨살을 드러내는 걸 꺼린다고 들어서 말이야."

"맨살을, 응? 뭐, 아무래도 상관없지만 우리 가게에 네가 입을 수 있는 옷은…… 아니, 딱 한 벌 있었나."

주인은 배시의 머리 꼭대기부터 발끝까지를 보고 고개를 갸웃거리면서도 가게 안으로 향했다.

"이 녀석이라면 아슬아슬하게 입을 수 있지 않을까?"

돌아온 주인이 가져온 것은 진녹색에 검은색 라인이 들어간 엘프 옷이었다.

하지만 명백하게 다른 옷보다도 사이즈가 컸다.

주인이 양손으로 활짝 펼치자 그의 모습이 완전히 가려져버릴 정도로.

"옛날에 덩치 큰 비스트 남자가 와서 주문했는데, 마음에 안 든다면서 안 산 물건이야. 너 오크치고는 체격도 작으니까…… 아, 어어, 미, 미안해. 화내지는 마. 딱히 바보 취급한 게 아니야. 다만 너보다 몸이 큰 오크가 있는 것도 분명하잖아?"

"신경 쓰진 않는다."

"그, 그런가. 역시 대단하시네. 그래서, 그런 너라면 어떻게든 입을 수 있지 않을까 싶은데? 입어보지 않겠어?"

주인의 그 말에 배시는 그 옷을 받아들었다.

그리고 시키는 대로, 그 자리에서 입고 있는 것을 벗더니 그 옷을 입었다.

익숙하지 않은 옷이었지만 입는 방법을 모르는 것은 아니었다.

그래도 어차피 비스트족에게 맞춘 옷이다. 어떻게든 입을 수 있었지만 어깨나 허벅지 같은 곳은 조이고 길이도 7부 정도에 불과했다.

"아—……."

주인은 그것을 보고 조금 면목 없다는 표정을 지었다.

그는 엘프족 중에서도 대대로 옷집을 이어온 긍지 높은 옷집의 후예였다.

어울리지 않는 옷을 권유하는 것은 선조 대대로 물려받은 옷집의 긍지를 손상시킨다.

"역시 수선……."

"역시 당신! 당신 같은 남자는 뭘 입어도 멋이 나네요! 역시 내용물이 확실하면 옷 쪽에서 맞춰주는 거군요! 이것이야말로 눈보신! 남자 그 자체! 그야말로 숲의 사냥꾼. 아니지, 사랑의 사냥꾼!
오히려 숲 쪽에서 지켜달라며 부탁하러 올 수준이에요, 이건!"

하지만 갑자기 아첨을 시작한 요정 탓에 말은 도중에 끊어져 버
렸다.

옆에서 이만큼 마구 칭찬하니까 어울리지 않는다고 그러기가
힘들어졌다.

"아니, 하지만, 의외로 어울리는, 건가……?"

하지만 그 말을 듣는 사이에 주인의 생각도 조금씩 바뀌었다.

확실히 길이는 타이트하지만 조금 전의 오크다운 복장보다 야
만성이 억제된 것은 확실했다.

애당초 주인의 입장에서는 휴먼이나 드워프가 엘프 옷을 입는
시점에서 형용할 수 없는 위화감이 있었다.

오크가 자신들에게 익숙한 옷을 입은 탓인지 위화감이 앞서버
렸지만, 그것을 제외하고 생각하면 딱히 어울리지 않는 것은 아
닌 것처럼도 보였다.

길이가 짧은 편이 우락부락한 오크답고, 어깨나 허벅지가 팽팽
한 것은 오히려 종족적인 특징을 강조한다고 할 수도 있었다.

"뭐, 마음에 든다면 다행이지."

"음. 그럼 이걸 사지."

"어, 가격은 그게…… 얼마였더라…… 어?"

배시가 가져온 짐 안에서 어떤 물건을 꺼내더니 주인에게 건넸다.

주인이 그것을 받아들고는 묶어놓은 끈을 풀고 확 펼쳐서 그 물
체의 정체를 밝혔다.

그것은 모피였다. 배시와 같거나 그 이상 큰 모피.

　아마도 이 모피의 주인은 그야말로 훌륭하다고 표현할 수밖에 없는 개체였음이 엿보였다.

　"이건?"

　"벅베어 모피다."

　"꽤나 멋지잖아. 네가 처리했나?"

　"그래. 전우의 유품이기도 하지."

　"괜찮겠어? 그런 걸 팔아버려도."

　"뭐가 문제지?"

　의아해하는 배시를 보고 주인은 어깨를 으쓱였다.

　오크의 가치관 따위는 모르고 이해할 생각도 없었다.

　최근에는 다른 종족과 교류도 나누게 되었다지만, 애당초 이해할 수 없고 이해할 필요도 없는 것이었다.

　결혼해서 함께 살기라도 하지 않는다면.

　"털은 최고다만 크게 상한 곳이 있네. 거스름돈은 못 준다고?"

　"상관없다."

　배시는 그렇게 말하더니 자신이 입고 있던 옷을 주워들고 발길을 돌렸다.

　옷만 사면 엘프 남자에게 용건은 없었다.

　그의 용건은 엘프 여성에게만 있으니까.

　"……."

　용건만 마치고 냉큼 나가는 배시를 주인은 그저 지켜봤다.

　배시가 나가자 가게 안은 적막으로 가득 찼다.

다른 손님도 없어서 마치 꿈이었던 것만 같은 분위기가 지배하고 있었지만, 그저 훌륭한 모피만이 지금 손님이 현실이었다고 이야기했다.

"저기 당신, 지금 손님은?"

가게 안에서 나온 것은 주인의 안사람이었다.

아직 젊은 그 여성은 전쟁을 모르는 세대의 엘프였다.

"어…… 아니, 생각하던 것보다 인격자였어."

"감상이 아니라 어떤 사람이야? 오크잖아? 아는 사이였어?"

"아는 사이일 리가 없잖아. 그저 전장에서 한 번 맞닥뜨렸을 뿐이야……. 하지만 어쨌든 토리카부토 님한테 연락만큼은 해두는 편이 낫겠네. 다녀올게."

"아, 잠깐만 당신!"

주인은 홀로 납득하고는 가게를 내버려 두고 어딘가로 나서는 것이었다.

◆

여관으로 돌아온 배시는 젤이 시키는 대로 착착 준비를 갖추었다.

목욕을 하고, 젤이 가지고 있던 향수를 뿌리고, 구입한 옷을 착용. 머리카락은 향유로 빗어서 올백으로 넘겼다.

어째서 올백이냐면, 엘프 남성 대부분이 긴 머리카락을 올백으로 하고 있으니까.

배시의 머리카락은 그다지 길지 않았다. 전쟁 중의 오크는 머리카락을 깎는 자가 많아서 배시도 짧게 다듬었다. 그래서 조금 볼품이 없었지만 분명히 올백이기는 했다.

게다가 마을에서 나가면 바로 있는 꽃밭을 들러서 엘프가 좋아한다는 꽃다발을 준비했다.

채비는 완벽. 이제는 실천뿐이다.

배시는 젤을 데리고서 마을로 나섰다.

"알겠나요, 당신. 이걸로 기본은 완벽해요! 나머지는 숫자예요! 엘프는 기본적으로 한 사람과 부부가 되는 것이 상식이니까 너무 많은 사람한테 말을 건네도 인상이 나빠질 뿐이지만, 우선은 시작하지 않고서는 이야기가 성립되지 않으니까요! 어쨌든 독신처럼 보이는 아이한테 말을 건네는 거예요!"

"알았다."

시각은 저녁 무렵.

낮에 일하던 사람들이 귀가하기 시작하는 시간이다.

전후이기도 해서 역시나 병사가 많은지, 마을로 돌아오는 사람들 중에는 무장을 하고 몇 명이서 함께 걷는 이들이 많았다.

물론 배시에게는 직업 따위는 관계없었다.

오크의 영웅인 배시가 엘프의 일개 병졸 따위를 아내로 맞이하는 것은 오크의 명예와도 관련이 있는 일일지도 모르겠지만, 배시에게 중요한 것은 그런 점이 아니었다.

직업 따위는 아무래도 상관없다.

정말로 이제는 무직이든 백수든 상관없는 것이었다.

아내가 되어준다면, 동정만 졸업할 수 있다면. 마법 전사만 되지 않는다면.

엘프라면 대부분은 미인이니까 취향을 따질 생각은 없다. 누구든 배시로서는 오케이였다.

여하튼 엘프 여성이 이만큼 있다면 하나 정도는, 그런 기대를 가졌다.

"좋아, 저 사람으로 할까."

배시는 얼른, 혼자 걷고 있는 여성에게 다가갔다.

어깨 정도 길이의 금발을 뒤로 묶은 장신 엘프였다. 익숙한 빨간색 가죽 갑옷을 입고서 손에는 활, 등에는 화살통이 있었다.

얼굴에는 살짝 큰 화상 흉터가 있지만 배시는 그런 것을 신경 쓰지 않았다.

살짝 지친 얼굴로 걷고 있지만 표정은 어쩐지 부드러웠다.

직감적으로 어찌어찌 될 것 같다는 느낌이었다.

"거기 너."

"음, 뭐……야? 오크?"

엘프는 배시의 모습을 보고는 노골적으로 경계를 하고, 자세를 낮추며 수상쩍다는 듯이 눈을 가늘게 떴다.

하지만 배시가 긴장한 표정이라는 것과 멋을 부린 것, 꽃다발을 손에 든 것을 확인하더니 한쪽 눈썹을 올렸다.

무언가 알아차린 것처럼.

"어―, 뭐냐. 음, 사실은 나의……."

"이런! 미안하지만 오크 경, 그 유혹은 못 받아준다고?"

그리고 엘프는 배시의 말을 마지막까지 듣지도 않고 거절했다.

그녀의 표정은 그야말로 여유 그 자체. 배시의 입장에서는 단순히 귀엽기만 한 표정이지만 다른 여성 엘프가 본다면 울컥 화를 내며 후려칠 정도로 새침한 표정이었다.

카─! 이것 참, 미인은 괴로워! 괴롭구나─. 엄청 괴로워. 너무 인기 있어서 곤란해! 마치 그러는 것 같은 얼굴이었다.

"음."

"아, 오크 경이 싫다는 건 아니라고? 자, 이걸 봐."

입을 다문 배시를 보고 엘프는 자기 머리를 가리켰다.

그곳에는 하얀 꽃이 장식되어 있었다. 배시가 꽃밭에서 딴 꽃 중에도 이 꽃은 있었을 터.

"오크 경은 모르는 것 같지만, 이미 약혼한 엘프는 이렇게 머리에 흰 백합꽃을 달거든. 기혼자도 마찬가지로 하얀 꽃을 장식해. 흰 백합은 아니지만. 휴먼은 왼손 약지에 반지를 낀다고 하는데, 그걸 따라한 거지."

그 말에 배시가 주위를 둘러보자 확실히 대부분의 엘프 여성은 머리에 하얀 꽃을 달고 있었다.

그리고 다시 생각해 보면 낮에 만난 세 엘프는 하얀 꽃을 달고 있지 않았다.

"오크의 미적 감각에 대해서는 잘 모르지만…… 여하튼 나 같은 사람한테 말을 건네준 건 기쁘게 생각해."

"……"

"솔직히 며칠 전의 나였다면 오크라도 상관없다고, 그렇게 생각했을지도 몰라. 하지만 나도 전날, 마침내, 간신히, 드디어, 염

원하던 약혼을 할 수 있었거든. 미안하지만 오크 경의 구혼은 받아줄 수 없어. 이해해준다면 좋겠네."

"……알았다."

배시가 물러나자 엘프는 살짝 의외라는 표정을 지었다.

"묘하게 분별력이 좋네. 오크라면, 마음에 드는 여자가 있다면 절대로 포기하지 않는다고 들었는데?"

"다른 종족과의 합의 없는 성행위는 오크 킹의 이름으로 엄하게 금지되어 있다."

"그렇구나. 포기하지 않고 접근했다가는 동의 없는 성행위로 간주된다, 그렇게 생각하는 거네."

"그렇지 않은가?"

"아니, 정답이야. 똑똑하잖아. 오크 경."

엘프는 응응 고개를 끄덕였다.

이전의 그녀라면 "오크가 그런 약속을 지키겠냐! 죽여버리겠다!"라고 외쳤을 것이다.

하지만 지금 그녀에게는 마음의 여유가 있었다.

왜냐면 약혼을 해서 행복의 절정이니까.

지금 그녀는 무적이었다. 모든 일에 대해 관대했다.

그리고 다정했다. 모르는 오크에게 쓸데없이 참견하려고 들 정도로.

"똑똑한 오크 경, 조언을 하나 할게."

"조언?"

"혹시 상대를 원한다면 이 길을 똑바로 가면 있는 『참수리의 횃대』라는 술집으로 가도록 해. 미혼인 사람이 모여서 상대를 찾는 집회가 매일같이 열리고 있어. 여자 쪽은…… 뭐, 지금 시기에 아직 상대를 발견하지 못했을 사람뿐이니까 문제가 있는 녀석들뿐이지만…… 어쩌면『그래도 괜찮다』라고 생각할 수 있는 상대를 찾을지도 몰라. 나처럼 말이지."

"알았다. 정보에 감사한다."

"뭐, 됐어. 그럼 난 돌아갈게. 집에서 우리 달링이 기다리거든!"

엘프는 기분 좋게 길을 걸어갔다.

발걸음은 너무나도 들떠서 하늘로 날아오르기라도 할 것처럼 경쾌했다.

"들었나?"

"그럼요! 들었어요!"

배시는 그것을 지켜보고는 젤과 얼굴을 마주 봤다.

첫 상대는 허탕으로 그쳤지만 유익한 정보를 두 가지나 얻을 수 있었다.

우선 엘프 여성이 머리에 하얀 꽃을 달고 있다면 거절당한다는 것. 이것은 앞으로의 활동에서 너무나도 유익한 정보였다. 그것만 지킨다면 허탕을 치는 횟수를 대폭적으로 줄일 수 있다.

게다가 미혼인 사람이 모여서 결혼 상대를 찾는 자리.

그런 장소가 있다면 배시의 상대를 발견하는 것도 시간문제이리라.

왜냐면 배시는 아내를 찾고 엘프는 남편을 찾으니까.

오크라는 불리한 점도 있지만 지금 엘프는 다른 종족과의 결혼이 유행이다.

휴먼이나 비스트, 나아가서는 오크와 마찬가지로 엘프와 견원지간으로 취급되는 드워프까지 맞아들이고 있었다.

승산은 차고 넘쳤다.

"가자고!"

목표는 『참수리의 횃대』.

배시는 일찍이 큰 전장으로 향할 때처럼 전의를 다지며 자신의 전장으로 향하는 것이었다.

◇

문득 엘프는 돌아봤다.

그녀의 시야에 배시가 성큼성큼 술집으로 걸어가는 모습이 비쳤다.

행선지는 조금 전에 자신이 가리킨 방향…… 아무래도 자신의 조언 그대로 『참수리의 횃대』로 가는 모양이었다.

"의외네. 오크라고 그러면 여자를 데려가서는 강간하는 것밖에 모른다고 들었는데, 다른 종족의 문화를 받아들일 줄 아는 자도 있다니……."

그녀는 종전까지 서큐버스와 싸웠기에 오크와의 전투 경험은 거의 없었다.

대결전 당시에 두세 번……이라고는 해도, 오크라는 종족에 대해서는 이전부터 전해 들었다.

거칠고 여자를 사람으로 취급하지 않는 폭력적이고 야만적인 생물. 그것이 오크다.

하지만 실제로 대화를 나눈 오크는 이미지와 무척 달랐다.

"훗, 누구라도 변하는 일이 있다는 거겠지…… 바로 나처럼……."

그녀의 이름은 아잘레아라고 한다.

배시와 젤은 몰랐지만 그녀는 엘프 나라에서 유명한 전투광이었던 여자다.

웃으며 서큐버스의 꼬리를 직접 뽑아버린 일에서 유래하여 붙은 별명은 『뽑아버리는 아잘레아』.

너무나도 잔인하고 가차 없는, 그리고 인간미 없는 모습 때문에 서큐버스군에게 가장 두려움을 산 전사 중 하나로 손꼽혔다.

그녀는 얼마 전까지 핏발 선 눈으로 결혼 활동을 하는, 지옥의 파이터였다.

그 모습은 그야말로 굶주린 마수.

특기는 남자의 목덜미를 움켜쥐고 억지로 결혼을 들이미는 『목줄 구혼』.

당연히 성공률은 0%였다.

동료 여자 엘프가 입을 모아서 "아잘레아가 결혼? 아니아니아니아니, 당연히 무리잖아. 그보다도 역시나 내 쪽이 빠르겠지"라고 할 정도의 적령기 엘프였다.

그런 그녀가 약혼에 이르렀다는 이야기에 많은 미혼 엘프가 절망의 비명을 내질렀다고 한다.

"훗, 그렇다면 저 녀석도 좋은 상대를 찾을 수 있겠지. 내게 사랑하는 달링이 나타난 것처럼."

아잘레아는 남자가 생기고 변했다.

사람의 마음을 되찾았다. 오랜 전쟁으로 메마른 마음이 다시 촉촉해지고, 명랑하게 웃게 되었다.

책상다리로 앉지는 않게 되었고, 사타구니를 벅벅 긁는 일도 사라졌고, 식사를 할 때에 쩝쩝 소리를 내지 않게 되었다.

누구라도 상관없이 싸움을 걸지 않게 되었고, 트집을 잡히지도 않게 되었다. 설령 싸움을 하더라도 기절한 상대의 이빨을 전부 박살 내진 않게 되었다.

길들지 않은 맹수에서 평범한 엘프가 되었다.

전부 남자 덕분이다.

그 남자는 엘프들 사이에서는 그야말로 신으로 숭배를 받고 경외의 대상이 되었지만, 그것은 제쳐두자.

"자, 빨리 돌아가자. 달링이 만든 요리가 기대돼!"

아잘레아는 싱글대는 얼굴 그대로 귀갓길을 걷기 시작하는 것이었다.

4. 『참수리의 횟대』

『참수리의 횟대』.

그 여관에 들어선 순간, 배시는 도박장으로 흘러든 것 같은 착각을 느꼈다.

술집 안에는 기묘한 긴장감과 찌릿찌릿한 분위기가 만연했다.

살기는 아니지만 그것과 무척 닮았다. 전투를 벌일 때에 상대의 패를 탐색하는 것 같은, 그런 기척이었다.

"오크……? 그러고 보니 오크가 하나 입국했다고 들었지……. 어서 와."

술집 주인은 그렇게 말하더니 배시에게 적당한 자리에 앉으라고 권했다.

카운터는 있지만 카운터석은 없고 테이블만 늘어서 있었다.

자신이 어디에 앉을지 한순간 망설였지만 금세 알 수 있었다. 입구 쪽 자리에는 남자가 앉고 안쪽 자리에는 여자가 앉아 있었으니까.

배시는 남자 쪽의 비어 있는 자리에 앉았다.

정면에 앉은 것은 눈매가 사나운 엘프 여전사였다.

헤어스타일은 안쪽으로 둥글게 말린 숏컷.

그리고 노려보는 것만으로 휴먼 어린아이 정도라면 죽일 수 있을 것 같은 안력(眼力)과 얼굴을 비스듬히 가로지르는 흉터가 특징적이었다.

복장은 살짝 맨살이 노출된 드레스지만 배시는 한눈에 이 여전 사가 역전의 강자임을 꿰뚫어 봤다.

오크 소대장과 같거나 그 이상의 실력을 가진 자일 것이다.

그녀는 배시가 앉자 한순간 깜짝 놀란 표정을 지었지만 금세 배시의 복장을 보고, 그리고는 자기 옆에 앉은 여자와 눈짓을 주고받더니 고개를 끄덕였다.

"안녕하세요! 멋진 형씨네. 처음 뵙겠습니다. 저는 헨비트라고 해요!"

호랑이가 의도적으로 고양이 목소리로 운다면 이런 인상을 받게 될까.

배시는 도무지 여성과 대화를 나누는 기분이 들지 않았다. 마치 강자가 지근거리에서 냄새를 풍기는 것 같은 착각에 빠졌다. 평소라면 맹수 따위는 물리치려고 들겠지만 눈앞에 있는 것이 여성이라 어떻게 움직이면 좋을지 알 수가 없었다.

이제까지는 없었을 정도로 괜찮은 느낌인 것 같기도 하고, 그렇지 않은 것 같기도 하고.

참으로 신기한 기분으로 대화를 계속하기로 했다.

"오크 씨, 이름은 뭔가요?"

"배시다."

"배시 씨! 이름이 멋지네요! 오크 씨는 다들 멋진 이름이니까 헨비트 참 곤란하단 말이죠!"

"……어, 어어."

머리가 아플 정도로 찡찡 울리는 목소리에 배시는 살짝 현기증을 느꼈다.

마법이라도 쓰는 것일까.

"앗, 흉터…… 역시 전사님이었군요. 전장은 어딘가요?"

"각지를 전전했지만 마지막은 이 부근이었다. 나라를 지키기 위해 싸웠지."

"그렇군요! 저도 참 무슨 소릴 하는 건지☆"

"너는 어디서 싸웠지?"

"저는 서큐버스의 나라를 함락시킨 사단에 있었어요! 제32돌격 분대! 그러니까 오크 씨에 대해서는 그다지 지식이 없어서……."

헨비트라는 여전사는 그때 어흠, 기침을 했다.

황급히 물을 마시고 "아~, 아~"라며 목 상태를 확인하더니 황홀한 미소로 배시를 바라봤다.

"오크 씨가 엘프의 나라를 여행한다니 처음이라…… 많이 가르쳐주세요☆ 어째서 이 나라에?"

"어…… 나는 어떤 것을 찾으러 왔다. 아니, 찾으러 왔다기보다는……."

거기까지 말하자 헨비트는 몸을 내밀고 배시의 입가에 손가락을 하나.

말을 막았다.

"마지막까지 말 안 해도 알아. 여기로 왔다는 건, 결혼을 생각한다는 거잖아?"

"……그래."

한순간에 간파당해서 배시는 윽, 숨을 삼켰다.

확실히 이런 곳까지 왔으니까 아내를 찾으러 온 것은 명백하리라.

그렇다고는 하지만 배시도 감출 생각은 없었다. 물론 동정이라는 사실만큼은 철저하게 감출 생각이었지만.

"하지만하지만."

캬룽, 그런 소리가 날 것 같은 동작으로 헨비트는 고개를 갸웃거렸다.

"헨비트, 역시나 오크의 번식 노예가 되는 건 싫단 말이지. 아이를 낳는 건 좋지만, 역시 엘프답게 한 남성과 부부가 됐으면 좋겠다고 할까……."

"괜찮다. 나도 나라로 돌아가면 상응하는 지위가 있지. 내 아내가 된다면 다른 노예와 다르게 취급하겠다. 약속하지."

지위.

그 단어를 들은 순간, 헨비트의 눈이 반짝 빛난 것 같았다.

"호오~! 혹시 배시 씨는 있죠, 오크 중에서도 무척 높은 사람이라든지 그런가요? 계급은? 혹시라도 대전사장이라든지?"

"계급은 전사다. 하지만……."

"쳇. 뭐야, 말단이냐."

전사라고 그런 순간, 헨비트는 침을 퉷 뱉었다.

동시에 나온 것은 역전의 전사다운 날카롭고 두꺼운 목소리.

돌변했다고도 할 수 있는 목소리였지만 배시는 그 목소리를 듣고 간신히 한숨 돌렸다.

이제까지 호랑이인지 고양이인지 알 수 없는 상대였다.

하지만 호랑이로 판명되었다. 그렇다면 호랑이와 대화를 나누면 그만인 것이다.

"계급은 전사지만 전시 중에 무공을 세워서…….."

"오크 자랑 이야기 따윈 듣고 싶지도 않아. 저금은?"

"뭐라고?"

"돈은 얼마나 가지고 있냐는 거야."

"돈? 돈은…… 없다."

실제로 배시는 나라로 돌아가면 부자에 속하는 부류였다.

오크 나라에서 배시가 바란다면 손에 들어오지 않는 것은 없다.

그렇지만 오크의 나라에서는 물물교환이 주류라서 금전은 거의 유통되지 않는다.

다른 나라와의 교역에 사용할 뿐, 일상생활에서는 전혀 없다고 해도 될 만큼 사용하지 않는 것이었다.

그러나 헨비트는 그런 문화의 차이를 모르는 모양이었다.

"하아~~~~~~ 됐어. 체인지."

헨비트는 성대한 한숨과 함께 그렇게 말하더니 자리에서 일어나 어딘가로 가버렸다.

"……?"

배시는 그 행동의 의미를 알 수 없었다.

그저 갑자기 일어서서 사라진 헨비트를 기다렸다. 하지만 헨비트는 다른 자리에 앉아서 다른 남성과 대화를 시작해버렸다.

"젤, 어떻게 하면…….."

베시는 젤 쪽을 봤다.

젤은 현재 테이블 위에 놓여 있는 벌꿀술을 꿀꺽꿀꺽 마시고는 완전히 취해 있었다.

"그러니까 나는 말했다고요. 꽃 점은 빨간 꽃으로 해야 한다고! 그랬더니 그 녀석, 뭐라고 그랬을 것 같아요? 빨간 꽃은 뭐냐, 잔 뜩 있다고? 래요! 정말이지, 헛소리도 정도껏 하라고요! 빨간 꽃 이라면 어, 당연히 빨간 꽃이잖아요! 그렇죠, 당신?!"

젤은 소금이 담긴 병에 술주정을 부리고 있었다.

이래서야 쓸모는 없을 것이다.

'어쩌면 좋지.'

헨비트 쪽으로 가면 될까, 아니면⋯⋯.

"예―, 안녕하세요, 오크 님! 라일락이에요! 오크 씨라니 신기 해서 그만 말을 걸어버렸어요!"

그렇게 망설이고 있었더니 또 왔다. 이번에는 그리폰과 호각으 로 싸울 수 있을 법한 녀석이었다.

목소리는 그리폰보다도 날카로웠다.

"배시다."

"좀 이르지만, 배시 씨는 영지 같은 걸 가지고 있나요?"

일단 조금 전의 여자는 잊고 이 여자를 상대하기로 하자.

배시는 그렇게 생각하고 라일락과 마주했다.

"영지는 없다. 오크의 나라 영토는――."

"아, 그럼 됐어요 바이바이에요."

라일락은 그렇게 말하더니 손을 팔랑팔랑 내젓고 떠났다.

순식간에 벌어진 일이었다.

너무나도 빨라서 지금 그 여자의 잔상이 배시의 시야에 남을 정도였다.

대체 뭐냐, 지금 그 여자는.

그렇게 생각하는 사이에 또 다음 여자가 다가왔다.

"안녕하세요, 저는 스파티필룸! 갑작스럽지만 오크 님은——."

"어, 아니, 나는——."

배시는 당황할 틈도 없이 질문을 받고 그에 정직하게 대답했다……

◇

그 후로 한동안 배시는 여자를 갈아치웠다.

그렇게 들으면 장밋빛 시간을 보낸 것처럼도 들리지만 그렇게 좋은 일이 아니었다.

엘프 여자는 배시에게 몇 번인가 질문을 하고는 금세 어딘가로 떠났다.

그 숫자가 열 명을 넘은 시점에서 배시도 간신히 이 집회의 구조를 깨달았다.

남자가 앉는다. 여자가 남자에게 질문한다. 질문의 대답으로 자신의 조건에 맞는지를 확인하고 안 맞는다면 다른 남자한테 간다.

그런 시스템인 것이다.

질문 내용도 비슷비슷해서, 몇몇 질문에 대답하자 금세 엘프는 떠났다.

배시에게 선택할 권리는 없는 듯했다.

배시의 입장에서는 어느 여자든 오케이였으니까 그것은 문제가 아니지만…….

하지만 아무리 배시라도 열 명한테 차이자 그 원인을 깨달았다.

돈이었다.

질문 방식은 각양각색이었지만 엘프 여자는 돈을 원했다. 지위나 명성에 대한 질문도 받았지만 결국에는 돈이었다.

배시가 아무리 자신이 오크의 나라에서는 지위가 있는 사람이라고 주장해도 들어주지 않고, 돈이 없다는 사실을 알자 간단히 침을 뱉고 어딘가로 사라졌다. 엘프 여자는 침을 뱉는 것이 특기였다.

열 명 정도 엘프가 떠나자 배시 주위에서 여자가 자취를 감추었다.

아무래도 엘프 사이에서 정보가 공유되어버렸는지 이쪽으로는 다가오지 않았다.

'엘프는 드워프와 달리 돈에 흥미 따위는 없었을 터. 그런데 어째서…….'

영문을 알 수 없었다.

일단 여자 쪽에서는 더 이상 다가오지도 않고, 노골적으로 접근하지 말라는 오라를 풍기고 있었다.

배시는 움직일 수도 없어서 일단은 식사를 하기로 했다.

엘프의 나라에서 식사라고 하면 나무열매나 과일이 주재료인 무미건조한 것이라고 기억했지만, 최근에는 다른 종족을 받아들여서 그런지 짐승 고기나 곡물을 조리한 요리가 나왔다.

맛은 엘프답게 담백했지만 오크는 기본적으로 호불호가 없다.

맛있다고 생각하며 먹었지만 역시나 의문은 지울 수 없었다.

"왜, 돈이냐……."

"어째서 돈이냐고?"

그러자 배시의 혼잣말을 들었는지 남자 하나가 다가왔다.

흐리멍덩한 눈빛의 휴먼 남자였다.

새빨간 얼굴에 풀린 눈.

휘청휘청 갈지자로 걸어서 배시에게 다가오더니 옆자리에 무너지듯이 앉고 허물없이 배시의 어깨에 손을 둘렀다.

배시는 신경 쓰지 않았지만 오크 나라였다면 배시를 동경하는 젊은이들에게 뭇매를 맞을 행위였다.

그는 만취한 상태였다.

"가르쳐줄까?"

배시의 대답을 기다리지 않고 그 남자는 이야기를 시작했다.

"알겠나? 여기 있는 엘프 여자는 말이야, 주로 서큐버스 나라와 싸웠던 부대의 생존자거든."

남자의 이야기에 따르면 이러했다.

종전 후, 엘프 나라에서 결혼이 유행했다.

결혼은 우선 엘프 부유층…… 엘프 귀족 사이에서 시작되었다.

여하튼 여성이 남으니까 기본적으로는 남자가 구매자인 시장, 엘프 여자는 척척 팔렸다.

이 무렵에는 귀족이 서민 엘프에게 한눈에 반한다, 그런 꿈이 유행했다나.

그 후, 서민들끼리 결혼하기 시작했다.

하지만 사실 이 결혼은 가까운 사람들끼리 이루어지는 경우가 대부분이었다.

가까운 사람이라면 같은 부대의 생존자나 고향에 두고 온 소꿉친구를 가리킨다.

전쟁도 끝났고, 나라에서 보조금도 내어주고, 유행이니까 기왕이면 우리도 결혼할까, 그런 식이었다.

그리고 우왕좌왕하는 사이에 서큐버스 나라에서 싸우던 병사들이 남았다.

서큐버스 나라와 싸우던 병사는 대부분이 여성으로 편성되어 있었다.

서큐버스라는, 남성을 보면 마구잡이로 매료시키고 먹이로 삼아버리는 종족을 생각하면 당연한 일이었다.

물론 서큐버스는 군에 여성이 많을지라도 개의치 않고 남자가 있는 부대를 찾아서 공격을 가하고 남자를 잡아갔다.

서큐버스에게 엘프 남자라는 것은 그야말로 군침이 흐르는 먹잇감이었다.

결과적으로 엘프 나라에서 남자가 다소 줄어들었다.

6:4에서 7:3 정도의 비율로 여자 쪽이 많아져버렸다.

그렇기에 엘프 나라와 싸우던 여성 병사들은 넘쳐났다.

그럼에도 그녀들은 어떻게든 다른 종족의 남자(특히 휴먼)가 많은 이곳 시와나시 숲에 다다라서 결혼 활동을 시작, 마음씨 고운 엘프부터 순서대로 성불했지만……

남은 자가 있었다.

성격이든 용모든, 어딘가 흠이 있는 자가 남았다.

허나 그럼에도 엘프는 외모가 아름다운 종족.

엘프를 아내로 맞이하려는 남자는 전 세계에 있다. 특히 휴먼에 많다.

그러니까 그녀들에게도 기회는 있었다. 이러니저러니 해도 결혼이 유행이니까 충분히 결혼할 여지는 있었다.

하지만 그녀들은 생각하고 말았다.

결혼 유행의 영향으로 전장에서 자신들이 뒤를 닦아준 애송이들에게까지 추월당하는 상황에 이르자 어떤 생각에 사로잡혀 버렸다.

더 이상 타협할 수는 없다고.

"……그래서, 어째서 돈 이야기가 되지?"

"그야 뻔하잖아. 그 애송이가 휴먼 부자랑 결혼하더니 그때까지의 검소한 엘프족으로서는 상상할 수 없을 만큼 호화롭게 살고 있으니까!"

"그렇군……."

"여기 있는 녀석들, 깔보던 후배의 상대보다 수준이 낮아서는 만족을 못 하는 모양이야. 원하는 건 귀족이나 왕족이나. 영토를 가졌고 돈이 있어서 평생을 놀고먹으며 살 수 있을 상대……. 허, 그런 녀석이 이런 곳에 올 리가 없는데 말이지. 불쌍한 녀석들이야."

참고로 이 남자도 빈털터리였다.

전쟁이 끝나고, 하지만 고향은 이미 사라져서 돌아갈 장소는 없었다. 그는 전쟁에서 그럭저럭 무공을 세웠지만 전후의 군부 축소로 직업을 잃었다. 가문도 대단하지 않은 그는 작고 낡은 집에 살면서 일용직으로 근근이 살고 있었다.

결혼이라니 그야말로 꿈에 불과했다.

자신은 무엇을 위해서 싸웠나, 어째서 살아남았나.

자문자답의 나날 가운데, 그의 귀에 들린 것은 엘프가 다른 종족의 남성을 남편으로 맞이한다는 정보였다.

전쟁 중에 만난 아름다운 엘프들.

그 엘프들 중에 하나라도 아내로 맞이할 수 있다면 자신의 인생은 바뀔지도 모른다. 돌아갈 장소가 생길지도 모른다.

그렇게 생각한 그는 큰 결단을 하고, 아름다운 엘프를 아내로 삼고자 여기까지 찾아왔다.

"아니……."

하지만 현실은 혹독했다.

남은 엘프는 돈의 망자뿐이었던 것이다.

그가 아무리 전장에서의 활약이나 실력을 어필하며 결혼하면 너희를 죽을 때까지 지켜주겠다고 해도 코웃음 칠 뿐이었다. 어쨌든 그녀들은 그 이상으로 가혹한 전장에서 전과를 올린 자들이었으니까.

"훌쩍…… 가장 불쌍한 건 나인가……."

그것을 떠올리고 남자는 울기 시작했다.

배시는 갑자기 우는 남자에게 어떻게 반응하면 좋을지 알 수 없었다.

남자는 그저 큰 소리로 울었다. 울고, 마시고, 울고, 마셨다.

그리고 문득 고개를 들었다.

시선 끝에는 조금 전에 배시를 거들떠보지도 않았던 엘프들.

"보라고, 형씨…… 엘프들을 말이야…… 아름답지……."

"……그래."

하지만 그의 말만큼은 긍정할 수 있었다.

멀리서 본 엘프들은 분명히 아름다웠다.

아름다운 금발에 늘씬하게 뻗은 팔다리. 언행은 날카롭고, 충분히 발달한 근육이 안도감을 준다.

확실히 성격에 문제가 있을지도 모르지만, 그녀들 중에 하나를 손에 넣고 매일처럼 안을 수 있다면 더 이상 불만은 없다.

"돈만, 돈만 있다면……."

"그렇군, 돈인가……."

돈.

오크 사회에서 살아온 배시에게 그것은 미지의 존재다.

어떻게 손에 넣어야 하는지, 어떻게 하면 불어나는지 전혀 알 수가 없었다.

알고 있을지도 모르는 젤은 에일이 든 컵에서 목욕 중. 상대의 등을 씻겨주고 있었다. 소금병과 완전히 친해졌다.

"하지만 부자라고 해도, 돈을 얼마나 가지면 되지?"

"얼마나……? 으─음…… 모르겠네! 하지만 먼 옛날, 처음으로 엘프와 결혼한 대부호는 거대한 에메랄드 목걸이를 상대에게 선물했다더군. 그것도 에메랄드만이 아니라 전체적으로 금세공이 된, 번쩍번쩍하는 녀석이야! 그러니까, 뭐, 다시 말해, 그 정도겠네! 응!"

배시는 모르는 일이지만 이것은 엘프에게 전해지는 오래된 옛날이야기다.

어느 휴먼 남자가 엘프에게 한눈에 반했다.

휴먼은 엘프에게 구혼했지만 자존심 강한 엘프는 당연하다는 듯 거절했다.

하지만 휴먼은 포기하지 않고 엘프에게 끈덕지게 매달렸다.

지긋지긋해진 엘프는 남자에게 억지스러운 조건을 들이밀었다.

이 세계의 어딘가에 있다는 『신록(新綠)의 에메랄드』를 가져온다면 당신과 결혼해주겠다고.

남자는 그 이야기를 듣고 전 세계를 여행해서 에메랄드를 찾아냈다.

그리고 여행 도중에 발견한 수많은 보물로 목걸이를 만들어서 엘프에게 구혼한 것이었다.

제아무리 엘프라도 이 끈기에는 두 손을 들고 남자의 구혼을 받아들였다…….

실제로 엘프 여성 중 몇 할은 에메랄드 목걸이와 함께하는 프러포즈를 동경한다.

엘프에게 로맨틱한 프러포즈 중 하나인 것이다.

엘프 보석상에서도 에메랄드 목걸이는 항상 재고를 확보해둘 정도로 인기 상품이다.

"번쩍번쩍하는 목걸이인가……."

"뭐, 그렇게 고민하지 말라고."

"너는 어떻게 할 생각이지?"

"나? 나는 뭐, 그러네. 일단 내일부터 좀비라도 잡을까 하는데?"

"좀비?"

"모르나? 지금 이 마을 근처에는 좀비가 이상 발생 중이야. 이유는 모르지만 말이야. 그래서 좀비를 퇴치하면 한 마리당 다소의 금전이 나오거든."

"돈을 받을 수 있나?"

"어, 그래."

좋은 정보였다.

아마도 이 남자는 좀비를 사냥해서 돈을 벌어 번쩍번쩍하는 목걸이를 구입할 생각일 것이다.

참고로 이 남자, 실제로는 그저 일당을 벌겠다는 생각일 뿐이었다. 빈털터리니까.

"어쨌든 오늘은 서로 수확이 없는 모양이니까. 마시자고. 난 오크랑 마시는 거, 처음이야."

"괜찮겠지. 나도 휴먼과 마시는 건 처음이다."

"아, 자기소개도 깜박했네. 난 브리즈."

"배시다."

서로 이름을 들은 순간, "응?" 하고 고개를 갸웃거렸다.

어디선가 들은 적이 있는 이름이었다. 하지만 금세 "뭐, 상관없나"라며 흘려 넘겼다.

오랫동안 전장에 있으면서 살아남은 것이다. 무공을 세웠다면

뜬소문으로 이름 정도는 들은 적이 있겠지, 라고.

술이 들어간 것도 관계가 있었다.

"인기 없는 남자에게."

"아름다운 엘프에게."

"건배!"

그날, 배시는 오랜만에 술을 마셨다.

◇

"으~…… 우웩~…… 너무 마셨어요……."

몇 시간 뒤, 젤은 욱신욱신 아픈 머리를 누르며 일어났다.

주위를 둘러보니 빙빙 도는 풍경은 아직 기억에 있는 술집 안이었다.

취했다가 깼을 때는 기억에 없는 병 속에 들어가 있는 경우가 많지만 아무래도 오늘은 괜찮은 모양이었다.

그야 그렇다. 배시가 함께 있으니까.

조금 전까지 함께 목욕을 했으니까.

"흥!"

젤이 코를 붙잡고는 몸에 확 힘을 실었다.

요정 특유의 발광이 아주 살짝 강해지고 한순간 무언가가 둥실 피어올랐다.

페어리식 알코올 빼기였다.

페어리는 기합을 넣으면 체내의 독소를 한순간에 배출할 수 있는 것이었다.

"자, 그는 어떻게 됐나요."

젤이 오크 영웅의 모습을 찾았다.

근처에는 어째선지 에일 범벅인 소금 병밖에 없었다.

어째서 이 소금병이 에일로 범벅이 되었는지 의문을 가질 만큼 페어리는 한가하지 않았다.

"오."

그리고 발견했다.

여전히 술집 중앙 부근에서 배시는 천천히 술을 마시고 있었다.

"당신, 괜찮은 상대를 찾았나요?"

젤이 둥실둥실 날며 그렇게 묻자 배시는 고개를 가로저었다.

"아니. 하지만 솔깃한 정보를 얻었다고."

"오호. 당신이 정보를 얻어오다니, 내일 눈이라도 내리는 거 아닌가요~."

"나도 정보 수집 정도는 할 수 있다. 너 정도는 아니지만."

"그야 그렇죠! 당신인걸요! 이것 참―, 내가 만취해도 혼자서 전부 해버리는군요! 당신, 내 특기를 너무 뺏으면 안 된다고요? 내 존재의의가 사라져서 그대로 없어져 버릴 테니까요!"

젤은 휘익 휘파람을 불며 배시를 추어올렸다.

언제, 어떠한 때라도 그것을 잊지 않는다.

그렇기에 젤은 『잘 부추기는 젤』이라는 이명을 가진 것이었다.

"그래서, 어떤 정보인가요? 독신 엘프 여성의 일람표를 손에 넣었다든지?"

"아니, 일람은 아니다. 하지만 독신 엘프 여성이 결혼 상대에게 원하는 것이 무엇인지 알았다. 그걸 손에 넣으러 가겠어."

"호오! 그러니까 리서치에 성공했다는 거군요! 역시 당신! 그래서, 그건?"

"돈이다."

"돈!"

젤은 직감했다.

젤은 페어리. 페어리는 돈에 흥미가 없다.

하지만 모든 페어리가 죄다 돈에 흥미가 없을 리는 없다. 페어리 중에도 금화의 빛에 눈이 뒤집히는 녀석은 있다.

젤의 지인 중에 그런 녀석이 있었다.

자기 방 안에 금가루를 모아두고 황홀하게 그것을 바라보는 녀석이었다.

그런 사람이 엘프 중에 많다는 이야기일 것이다.

"하지만 돈이라면 종류가 있다고요. 광석인지 금화인지……."

그 질문의 해답도 배시는 가지고 있었다.

조금 전에 만취해서는 술집 구석에서 잠들어버린 남자로부터 이미 입수했다.

"음. 처음으로 엘프와 결혼한 휴먼 부호는 결혼을 청할 때, 거대한 에메랄드가 달린 번쩍번쩍 목걸이를 선물해서 자신을 과시했다더군."

"그렇군요! 그러니까 번쩍번쩍 목걸이를 사면……."

"엘프 아내를 손에 넣는다!"

그럴 리는 없다.

확실히 엘프에게 에메랄드 목걸이를 받는다는 것은 로맨틱한 일이다.

하지만 이곳에 있는 엘프가 바라는 돈이란 요컨대 부를 가리킨다.

호화로운 식사에 화려한 옷, 거대한 저택에 줄지어 선 하인. 그런 높은 생활 수준을 실현할 수 있는 부.

하지만 젤부터가 돈을 잘 모른다.

게다가 배시를 통해 전해 들은 정보다. 그냥 그렇다고 생각해 버린 것이었다.

"하지만 어떻게 돈을 벌 생각인가요?"

"음, 아무래도 시와나시 숲은 현재, 어떤 존재가 이상 발생해서 일손이 부족한 모양이다."

"이상 발생?"

"좀비다. 좀비가 대량으로 발생해서 구제하느라 고생하고 있지."

"아—! 그러고 보니 오는 도중에 봤죠!"

"좀비 한 마리를 구제할 때마다 얼마씩 돈을 받을 수 있다더군."

"알기 쉬워졌네요!"

이리하여 오크 영웅은 좀비 사냥 아르바이트를 결심했다.

이제 좀비들의 목숨은 풍전등화라고 할 수 있을 것이다.

아니, 이미 목숨은 잃었나.

"얼른 좀비를 쳐 죽이러 가요! 좀비는 밤에 더 활발하게 움직이니까 바로 가는 거예요…… 아, 여관으로 돌아가서 장비를 챙겨야겠네요! 모처럼 아름다운 옷을 샀는데 더럽히는 건 좋지 않아요!"

"그래, 우선은 여관으로 돌아갈까!"

배시는 젤과 함께 고개를 끄덕이고는 폐점 직전인 가게를 나섰다.

∎

가게를 나서자 해는 완전히 져서 주위는 이미 어두웠다.

하지만 달빛에 더하여 여기저기 마법의 빛이 켜져 있어서 그런지 발밑은 충분히 보였다.

옛날에는 이런 빛 따위는 존재하지 않았다.

엘프는 마법으로 밤을 내다볼 수 있다. 숲은 낮에도 어두운 장소가 상당히 존재하지만 엘프는 특히 어두운 그림자를 좋아한다. 결코, 빛은 밝히지 않는다. 불조차 쓰지 않는다.

엘프란 어둠에 숨는 자. 오크들 사이에서는 그렇게 여겨졌다.

하지만 실제로는 그렇지 않았다고 배시는 생각했다.

엘프들은 오히려 휴먼보다도 밝은 장소를 좋아했다.

그저 전쟁이 그렇게 만들었을 뿐이라고.

그 증거로 예의 쾌락 살인 집단 같았던 엘프가 생각한 것 이상으로 배시에게 싹싹하게 대해주었다.

전쟁 중에는 엘프가 그렇게 나오는 일 따위는 없었다.

핏발이 선 눈으로 검이나 마법을 휘두르는 녀석들뿐이었다.

배시를 앞에 두면 더러운 말로 욕하거나 모멸하거나 위협했다.

그러던 이들이, 전쟁이 끝난 것만으로 저렇게나 변했다.

그렇게 생각하는 것만으로도 어쩐지 배시의 마음속에 따뜻한 무언가가 싹텄다.

"그러니까── 뭐냐고!"

"하지만──."

"뭐야?! 너, 내──."

문득 감상에 잠겨 있던 배시의 귀에 누군가가 말다툼하는 것 같은 소리가 들렸다.

아니, 말다툼이라기보다는 한쪽이 불평을 늘어놓고 다른 한쪽이 그것을 달랜다, 그런 느낌인가.

배시는 목소리가 들린 방향으로 시선을 향했다.

그랬더니 남녀 한 쌍이 걸어오는 참이었다.

"애당초 말이야, 어째서 그 녀석들은 스스로 결정하지를 못하는 건데! 너도 그렇게 생각하잖아? 어?"

"그건 소니아 님께서 일찍이 『자신을 통해라』라고 말씀하셨으니까 그렇죠."

"……아니, 하지만 말이야, 그 정도는 스스로 판단해야 하잖아? 그런 걸 이렇게나 밤늦게까지 이러쿵저러쿵 갸─갸─갸─갸─ 어린애처럼 떠들고! 뭐냐고! 어린애냐?!"

"무엇을 스스로 판단할지를 아랫사람이 정해서는 조직이 성립되지 않습니다……. 그렇게 말씀하신 것도 소니아 님입니다."

"으그그."

한쪽은 엘프군 제복을 입고 있었다. 남자다.

다른 한쪽은 진녹색 로브를 입고 삼각 모자를 깊이 눌러썼다.

하지만 배시가 신경이 쓰인 것은 그들의 복장이 아니었다.

"음."

그때 여자 쪽이 배시의 존재를 알아차렸다.

"너……!"

여자는 얼른 태세를 갖추고 허리춤의 지팡이에 손을 얹었다.

배시는 그 행동에 얼른 팔짱을 꼈다. 적대할 생각은 없다는 오크식 의사표시였다.

"……."

아름다운 엘프였다.

높은 코에 길고 날카로운 파란색 눈, 뾰족한 턱, 긴 귀. 키는 작고 가슴도 엘프답게 아담. 머리카락은 찰랑찰랑한 금발이고 달빛을 반사하여 반짝반짝 빛나 보였다.

물론 기억이 있었다. 입국할 때에 거들어준 엘프였다.

게다가 남자 쪽은 마부를 맡고 있던 인물이었다.

아름다운 엘프.

물론 배시는 얼굴도 신경 쓰였지만 가장 마음에 걸리는 것은 다른 부분이었다.

("당신, 당신!")

배시의 귓가에서 요정이 속삭이기 시작했다.

("저 여자 머리를 봐요! 꽃이 없어요! 독신이에요!")

("그래, 알고 있다!")

배시가 보던 것은 여자의 머리.

그곳에는 기혼자를 의미하는 꽃장식이 있을 터이나…… 없었다.

미혼인 것이다. 아름다운 이 엘프는.

("어떻게 하지?")

("진정해요. 마구 달려들면 안 돼요. 지금은 신중하게…… 우선 입국할 때에는 고마웠다고 인사부터 하죠.")

("알았다.")

배시는 고개를 끄덕이고는 의아해하는 표정인 여자에게 인사를 했다.

"입국할 때는 신세를 졌다. 다시금 감사를 표하지."

젤과 작게 상의하면서도 배시의 시선은 여자에게서 떨어지지 않았다.

그것은 여자 역시도 알아차렸다. 팔짱을 끼며 자신에게서 시선을 떼지 않았다. 경계하는 것이라고. 여자는 "어디 덤벼봐라"라고 생각했지만 동시에 움직일 수 없었다.

자신이 먼저 나설 수는 없는 것이었다.

"흐, 흥! 별일은 아니야. 지금 엘프는 오크도 받아준다고. 전쟁이 끝났으니까, 그렇지?"

"예, 그렇습니다."

종복이 슥 머리를 숙였다.

하지만 그의 시선은 배시에게서 떨어지지 않았다. 그는 눈빛으로 꿰뚫을 기세로 배시를 노려봤다.

수상쩍은 움직임을 보인다면 죽이겠다, 넌지시 그렇게 말하고 있었다. 물론 배시에게 그런 시선은 익숙했다. 평범하게 바라보는 것과 무엇 하나 다르지 않았다.

"하지만, 조금 신경 쓰이는군!"

여자의 말에 배시의 가슴이 두근, 크게 뛰었다.

"신경이 쓰인다? 내가 말인가?"

"그, 그래!"

배시의 가슴이 고동쳤다.

전장에서도 이 정도의 심박 수를 기록한 적은 없지 않을까. 그런 생각이 들 정도로 심장이 벌렁벌렁하는 상황에서 배시는 되물었다.

그리고 젤 쪽을 흘끗 봤다.

("가망, 있음!")

젤은 엄지를 세워 들었다.

"어떻게 신경 쓰이지?"

"너는 대체…… 뭘 하러 이곳으로 왔지?"

"뭘 하러, 라고?"

"으, 음. 네 신원은 이미 파악했다. 오크의 영웅 배시, 오크족의 중진이지. 그런 존재가 자기 나라를 떠나 엘프의 나라까지 와서, 대체 무엇을 꾸미는 것이냐?! 어어?!"

마지막 부분은 완전히 공갈이었다.

하지만 배시는 물론 오크 전사. 공갈 따위는 평범한 대화나 다름없었다.

그보다 자신에게 흥미를 가져주었다는 사실이 배시로서는 기뻤다.

"음, 그건……."

가망이 있다, 상대도 이쪽에게 흥미를 가지고 있다.

그렇다면 이제 망설일 일은 없다.

프러포즈하고, 베드 인이다.

하지만 그것이 아직 이른 이야기라는 사실은 배시도 알고 있었다. 조금 전, 돈이 없다며 엘프 여성 열 명에게 차인 참이었다. 지금 갑자기 프러포즈를 하더라도 제대로 될 리가 없다는 것은 명백했다. 어떻게 설명해야 할까…….

("잠깐만 당신, 당신.")

망설이는 배시에게 젤이 귓속말했다.

("뭐지?")

("생각했는데요, 지금은 우선 목표를 이 여자로 정해보는 건 어떨까요?")

("목표를? 무슨 뜻이지?")

("엘프는 일부일처제, 여자는 한 남자와 함께해요. 그리고 당연히 남자 쪽도 한결같기를 바라고요.")

("무슨 말을 하고 싶은 거지?")

("앞으로는 이런저런 아이한테 말을 건네지 말고, 가망이 있어 보이는 이 여자한테만 구혼하는 거예요! 그러는 편이 틀림없이 성공률이 올라가요!")

("그렇군!")

눈앞의 엘프 여성은 미혼, 게다가 가망이 있다. 이제까지는 없었을 만큼 좋은 조건이었다.

그런 상대에게 프러포즈 성공률을 가능한 한 올리는 것은 무척 이치에 맞는 생각이었다.

("하지만 지금 당장 구혼하지는 않는 편이 나아요. 아직 번쩍번쩍 목걸이가 없잖아요. 일단 지금은 당신도 상대에게 흥미가 있다는 사실을 전하면서도 목적은 얼버무리고, 돈을 모아서 번쩍번쩍 목걸이를 사서 나중에 구혼한다……는 흐름으로 가죠!")

("알았다!")

배시는 생각했다.

역시 젤. 전장에서는 젤의 이런 재치에 몇 번이나 도움을 받았다.

거의 같은 빈도로 궁지에 빠지기도 했지만, 배시는 대범한 남자다. 그런 자잘한 일은 신경 쓰지 않았다.

"목적인가……."

"그래, 목적이다!"

"……그렇다면 단 하나, 말해두지."

상대에게 흥미가 있다는 것을 전한다.

어떻게?

배시의 뇌가 이제까지 없었을 만큼 풀로 회전했다. 휴먼의 나라에서 배운 것을 살리며 말을 골랐다.

"나는 또, 너를 만나러 오겠다."

"어? 나를 만나러……라고?!"

그 말에 엘프는 눈을 크게 떴다.

"무슨 뜻이냐?! 어어?!"

"훗, 언젠가 알게 되겠지……."

배시는 그렇게 말하고 발길을 돌렸다.

미스테리어스하며 당당하게. 그것이 휴먼의 나라 요새 도시 클라셀에서 배운 것이었다.

　그러면서 상대에게 흥미가 있다는 사실을 전하고 목적도 얼버무렸다.

　("나이스예요, 당신! 그걸로 됐어요!")

　완벽했다.

　배시는 그렇게 생각했다.

　젤도 그렇게 생각했다.

　두 사람은 이번 해후에서 반응을 느끼면서도, 서둘러 좀비를 사냥하고자 얼른 여관으로 향하는 것이었다.

◆

　여자는 배시가 어둠 속으로 사라지는 것을 지켜본 뒤, 두려워서 벌벌 떨며 툭 하니 말했다.

　"영문을 모르겠네……."

　영문을 알 수 없었다.

　여자만이 그렇게 생각했다. 그야 그럴 것이다.

　그녀는 주먹을 움켜쥐고서 발을 동동 굴렀다.

　"젠장! 뭐냐고! 정말로 뭔가 꾸미고 있는 거 아니냐! 그렇다면 저런 식으로 말하면 안 되잖아?! 평범하게 여행하러 왔다고 그러란 말이야! 제대로 감춰! 너도 그렇게 생각하지? 그렇지?!"

　"어어…… 그렇군요. 하지만 오크의 영웅이 몰래 움직이는 것이니 말 못 할 이유가 있더라도 이상하지 않습니다. 그렇다고 해서 소니아 님께서 그렇게 물으신 이상에는 말할 수 없다고 그러지도 못하니까 저렇게 대답할 수밖에 없었던 게 아니겠습니까? 오크는 원래 거짓말이 특기인 종족이 아니니까요."

"뭐야? 내가 잘못했다는 거냐?!"

"아뇨, 설마."

여자가 노려보고 남자는 어깨를 으쓱였다.

"어쨌든 말이다! 뭔가 꾸미고 있다는 걸 안 이상, 모쪼록 저 녀석의 감시를 게을리 하지 마라!"

"예, 알겠습니다. 허나 혹시 정말로 녀석이 또 온다면 그건 소니아 님을 죽이려는 것이? 음모가 있다는 걸 안 소니아 님을. 뭐, 저도 그렇습니다만……."

그 말에 여자의 안면이 창백해졌다.

오크의 영웅 배시. 그가 얼마나 강한지를 아는 사람은 누구라도 이런 표정을 짓는다.

하지만 그녀는 고개를 절레절레 내젓고 주먹을 쥐었다.

"그렇다고 해도 나는 도망칠 수는 없어. 아무튼 나는 엘프의 영웅…… 선더 소니아니까."

여자…… 선더 소니아는 달빛 아래, 움켜쥔 자신의 주먹을 보며 그렇게 말하는 것이었다.

ORC HERO
STORY
오크영웅이야기
촌탁열전

5. 선더 소니아의 고민

배시가 시와나시 숲에 도착한 뒤로 이레 뒤.

시와나시의 거목.

그곳의 최상층에 있는 한 방에 엘프 하나가 있었다.

허리까지 내려오는 긴 금발. 진녹색 로브를 걸치고 머리에는 차양이 넓은 모자를 썼다.

그녀는 창가에 앉아서 우울한 눈빛으로 밖을 보고 있었다.

밖에 펼쳐진 것은 시와나시 마을의 야경이었다. 숲 안쪽까지 환하게 빛날 만큼 마법의 빛은 밝지는 않지만 그래도 사람들이 삶을 꾸리기에는 충분한 밝기. 그녀에게 적당한 이 빛은 평온의 상징이라고도 할 수 있었다.

전쟁 중에는 언제나 지나치게 밝든지 어둠 속에 숨어 있든지, 둘 중 하나였다.

하지만 아무래도 그녀는 창밖을 보고 평온에 잠긴 것은 아닌 모양이었다.

그렇다고 해서 창문에 비치는 자신을 보고 흡족해하는 것도 아니었다.

엘프의 내일을 우려하고 있느냐면 방향성 자체는 가깝지만, 보고 있는 것은 굳이 따지자면 엉뚱한 방향이었다.

"하아……."

그녀의 이름은 선더 소니아.

주위에서는 친근함을 담아서 『소니아 님』이라 부른다.

데몬 왕을 쓰러뜨린 대영웅 중 하나, 엘프의 대마도사 선더 소니아였다.

그녀는 엘프 나라에서 최고의 영웅이었다.

지위와 명예와 영지와 작위…… 모든 것을 가진 듯이 보이는 그녀에게는 고민이 있었다.

"또 차였어……."

그렇다, 그녀는 독신이었다.

"큰할머님께서는 눈이 지나치게 높은 겁니다. 굳이 우호를 위해서 와준 휴먼 귀족을 유혹할 것까지는……."

그녀의 방 입구에 서 있는 것은 엘프 남성이었다.

이름은 토리카부토.

독초의 이름('투구꽃(바곳)'을 일본어로는 토리카부토라고 한다.)을 가진 그는 엘프군 대령이자 소니아의 질손에 해당한다. 그러니까 조카의 아들이었다.

대령이라는 지위인 그의 일은 엘프 나라의 최대 전력이라고도 할 수 있는 인물의 호위였다.

호위라고 해도 문관인 그가 하는 일은 고작해야 도제나 종복의 역할이지만.

"그게 말이야, 엘프 녀석들이 아무도 상대해주지 않으니까 어쩔 수 없잖아! 그리고 큰할머니라고 부르지 마!"

선더 소니아.

그녀는 올해로 천이백 살이다.

엘프 최연장자다.

엘프의 수명은 약 오백 살.

선더 소니아가 통상의 두 배가 넘는 나이에 살아있는 것에는 이유가 있었다.

지금으로부터 구백 년 전.

엘프의 나라는 지금으로서는 상상할 수도 없을 만큼 구석에 몰려 있었다.

마을이 불타고, 영토는 침략당하고, 병사들은 목숨을 아이들은 미소를 빼앗겼다.

당시 족장의 딸이었던 소니아는 이대로 있으면 엘프가 멸망한다고 생각했다.

소니아는 천재였다.

번개의 정령에게 사랑받는 기린아로서 엘프 나라 전체에서 기대의 대상이었다.

실제로 전장에 나와서 그녀에게 이길 수 있는 자는 누구 하나 존재하지 않았다.

그녀의 압도적인 번개 마법은 어떠한 적도 재로 만들고 대군조차 압도했다.

전선을 유지하는 것은 그녀였다.

하지만 그런 그녀도 이미 삼백 살.

엘프의 전성기는 백 살부터 이백 살 사이로 본다.

그리고 사백 살까지 서서히 완력이나 마력이 쇠하고, 사백 살 이상은 노인으로 취급된다.

자신의 전성기는 진즉에 지나버렸다.

이미 쇠퇴가 시작된 것도 자각하고 있었다. 그렇게 된다면 언젠가 엘프의 나라는 더 이상 전선을 유지할 수 없을 것이다.

그 너머에 기다리는 것은 엘프의 멸망.

그렇게 생각한 소니아는 금지된 주술에 손을 댔다.

엘프에게 오래 전부터 전해지는 불로장생의 주술.

그것을 자신에게 건 것이었다.

그 결과, 소니아는 백 살 전후의 나이까지 다시 젊어지고 그 나이에 고정되었다.

전성기의 마력을 되찾은 소니아는 엘프군의 리더가 되어, 이백 년의 시간을 들여서 엘프군을 다시 세우고 적군을 밀어냈다.

그 후로도 계속 전선에 나섰고, 끝내는 다른 나라의 영웅들과 함께 데몬 왕을 쓰러뜨리기에 이른 것이었다.

그야말로 대영웅이었다.

그런 그녀도 어디까지나 사람의 아이. 전쟁이 끝난 뒤의 결혼 유행을 보고 이렇게 생각했다.

평화로워졌으니까 슬슬 나도 반려를 찾을까!

하지만 그녀는 무려 천이백 살이었다.

게다가 대영웅이자 엘프 나라의 중진이기도 했다.

그녀와 사귀려고 생각하는 엘프 남성은 없었다. 너무나도 지나치게 높은 사람이고 나이가 너무나도 많았다.

조금 더 말하자면 유행에도 뒤처졌다.

그녀에게 어울릴 법한 남자는 엘프 나라에는 누구 하나 남지 않은 것이었다.

하지만 그것만이 아니었다.

그녀가 결혼에 다다르지 못하는 것에는 사실 또 하나의 이유가 있었다.

"젠장, 그 녀석 탓이야……."

"『시와나시 숲의 악몽』 말입니까?"

"그래. 그 빌어먹을, 지긋지긋한 그 오크!"

『시와나시 숲의 악몽』.

그렇게 불리는 사건은 엘프들에게 잊을 수 없는 일이었다.

데몬 왕 게디구즈를 쓰러뜨리고 그 기세 그대로 오크를 공격하여 멸망시키고자 휴먼과 협공을 가한 엘프군.

하지만 그런 엘프군을 막아선 것은 한 전사였다.

오크의 영웅 배시.

그는 과거의 소니아와 마찬가지로 전선에 서서 압도적인 힘으로 엘프와 휴먼을 쓰러뜨렸다.

그 남자를 쓰러뜨리지 못한다면 시와나시 숲을 손에 넣을 수는 없다.

하지만 배시는 너무나도 강했다. 그 강함을 형용하자면, 상대한 자의 9할이 죽고 나머지 1할에게는 트라우마가 될 정도…….

쓰러뜨리는 것은 불가능하게 여겨졌다.

바로 그때 엘프의 대마도사 선더 소니아가 일어섰다. 영웅에게는 영웅으로 맞부딪치면 된다는 듯 배시에게 도전했다.

싸움은 사흘 밤낮 이어졌다.

소니아의 번개 마법이 숲을 불태우고 끊임없이 섬광이 하늘을 갈랐다.

배시의 참격이 거목을 쓰러뜨리고 노성이 지면을 뒤흔들었다.

천재지변이라고 할 수 있을 싸움.

어느 엘프 장병은 그것을 보았다. 싸움을 지켜보는 역할이 필요했던 것이다.

그리고 그는 최악의 광경을 목격했다.

싸움 끝에…….

섬광과 노성이 그친 곳.

……서 있던 것은 배시였다.

소니아는 배시 앞에 쓰러져서 정신을 잃었다.

엘프 여성이 오크 앞에 쓰러지면 어떻게 되는가.

정해져 있다. 끌려가서 그대로 성노예가 되어 죽을 때까지 아이를 낳게 되는 것이다.

다른 누구도 아닌 소니아 님이 붙잡혀버린다.

엘프의 영웅이, 엘프의 상징이라고도 할 수 있는 인물이 오크의 노예가 되어버린다.

그것만큼은 어떻게든 피해야만 한다.

혹시 소니아가 노예가 되어서 공허한 눈빛으로 오크의 아이를 임신한 모습을 병사가 본다면 단순히 사기가 떨어지는 정도로 그치지 않는다.

엘프군 그 자체가 와해될 수도 있다.

그런 생각으로 뛰어들려던 장병은 놀라운 광경을 보았다.

세상에나, 오크가 발길을 돌려서 떠난 것이었다.

소니아를 돌아보지도 않고.

장병만이 아니었다. 그 자리에 있던 많은 병사가 그것을 보았다.

장병은 영문을 알 수 없었지만 어쨌든 소니아를 회수하고 목격한 사실을 그대로 상층부에 전달했다.

상층부는 선더 소니아의 패배를 감추려고 했다.

하지만 다른 병사도 보고 있었던 것이다. 정보가 새지 않을 리도 없었다.

선더 소니아의 패배는 엘프군 전체에 알려지게 된다.

『시와나시 숲의 악몽을 봤다. 엘프의 대마도사 선더 소니아 패배.』

그 소식을 들은 병사들은 절망했다.

소니아 님이 지다니.

하물며 오크에게 붙잡혀서 성노예가 되어버리다니…….

아무리 전쟁에서 이기더라도 이래서는…… 그야말로 악몽이다!

그런 절망을 예상한 엘프 나라 병사들의 귀에 다른 정보가 날아들었다.

아니, 아무래도 소니아 님, 끌려가지 않은 모양이야.

병사들은 혼란스러웠다.

어? 왜? 같이 있던 호위가 아슬아슬하게 구출했다든지 그런 게 아니고?

그런 게 아니고.

왜? 오크라고? 끌고 가든지, 그러지 않더라도 그 자리에서 범하는 것이 보통. 나도 요전에 당했으니까. 끌려가기 전에 도움을 받았지만.

　영문은 모르겠지만 그냥 방치했다던데.

　혹시 외모와 다르게 할머니 냄새 같은 걸 풍겼다든지?

　하하, 그게 뭐야 웃기네.

　그런 대화가 도처에서 되풀이되고, 엘프들 사이에서 어떤 가설이 정착되었다.

　『선더 소니아 님은 외모야 젊지만 오크조차 경원시할 정도로 할머니 냄새를 풍긴다.』

　이리하여 소니아는 『오크가 코를 막을 정도로 냄새나는 여자』가 되었다.

　완전한 퇴물 취급이었다.

　결혼은 어떠냐고? 아니아니, 그건 말도 안 되잖아.

　그것이 또 하나의 『선더 소니아가 결혼하지 못하는 이유』였다.

　여하튼 소니아는 나라 밖, 휴먼의 나라에서 상대를 찾았다.

　휴먼의 수명은 고작해야 여든 살.

　그들의 입장에서 보면 이백~삼백 살의 엘프도 천이백~천삼백 살의 엘프도 다를 바 없으리라 생각한 것이었다.

　하지만 결과는 참패였다.

　『시와나시 숲의 악몽』은 휴먼에게도 전해졌다.

　늦깎이 소니아가 그럴듯한 방향으로 이야기를 끌고 가려고 해도 노골적으로 피했다.

　뭐, 물론 그것은 선더 소니아가 멋대로 그렇게 생각하는 것뿐이고 실제 이유는 따로 있었지만…….

여하튼 선더 소니아는 소문을 증오했다.

물론 소니아도 알고 있었다.

엘프의 결혼 유행이든 『시와나시 숲의 악몽』 소문이든, 일시적인 일이라고.

천이백 년이나 살다보면 엘프도 몇 대나 세대교체를 한다.

하물며 휴먼이라면 세대교체가 몇 번이나 이루어졌을지 알 수 없을 정도다.

세대가 변하면 유행도 변한다.

전시 중이라고는 해도 유행은 있었으니까.

이십 년만 있으면 소문도 잊히고 휴먼의 세대는 바뀌어 소니아와 결혼해주는 사람도 나올 것이다.

백 년만 있으면 엘프의 세대도 바뀌어 소니아와 결혼해주는 사람도 나올 것이다.

불로장생의 금지된 주술로 누군가에게 살해당할 때까지 사는 소니아에게 그 정도 세월은 금방 지나간다.

하지만 선더 소니아는 생각한 것이었다.

어쩐지 그것은 지는 것이 아닌가. 체념하는 것이 아닌가.

자신이 오크가 코를 막을 정도로 할머니 냄새를 풍긴다고.

그럴 리는 없다! 가까이서 맡아봐라!

최근에는 그 소문을 부정하기 위해서 향수조차 안 뿌린다고!

물론 실제로 어떤 냄새이든 소문은 소문.

갑자기 사라질 리는 없다.

이 모든 것이 전부 그 남자, 오크의 영웅 배시 탓이다.

그 녀석이 끌고 가지 않았던 탓에 선더 소니아는 고민하는 것이었다.

물론 끌려가서 성노예가 되었다면 정말로 악몽을 체험하는 꼴이 되었을 테지만…….

그래도 한 마디 정도는 해도 되는 거 아닌가.

얼마 전에도 오랜만에 만났는데 인사도 없었다.

아니, 인사를 나눌 사이도 아니지만.

그렇다고는 해도 남의 얼굴을 보고서도 반응조차 없었다니 어찌 된 일일까.

토리카부토의 이야기에 따르면 마차에서 엇갈렸을 때의 배시는 멍하니 바보 같은 얼굴로 고개를 숙이고서 배웅했을 뿐이라고 한다.

평범한 오크는 소니아가 눈앞을 지나가면 사타구니를 부풀리고 혀를 날름거렸을 터인데…….

아니, 하지만 그것도 무척 예전의 이야기인가.

오크가 소니아에게 마지막으로 그런 태도를 취한 것은 아직 엘프 나라를 바로 세우기 전, 오크 나라에게 격렬하게 공격을 당하던 무렵…… 요컨대 소니아가 젊을 적이다.

그것을 깨달았을 때에는, 오크는 소니아를 보면 두려움에 떨거나 죽음을 각오한 얼굴로 덤벼들게 되었다.

오크가 혀를 날름거린다니 최근 수백 년은 못 봤다.

그렇다고는 하지만 이제 전쟁도 끝났다.

오크도 무척 온화해졌다고 한다.

그렇다면 사타구니를 부풀리고서 혀를 날름거려도 괜찮지 않나.

아니면 혹시 정말로 할머니 냄새가 나기 시작했을까…….

배시의 태도는 소니아를 불안하게 만들기에 충분했다.

하지만 선더 소니아는 불안을 겉으로 드러내지는 않았다. 왜냐면 그녀는 엘프의 대마도사, 엘프의 영웅이니까. 엘프의 상징인 그녀는 부하에게 불안해하는 모습을 보일 수는 없었다.

"애당초 그 녀석은 우리나라에 뭘 하러 온 거냐! 감시는 붙여뒀잖아?! 어떻게 됐어?!"

"첫날은 철저하게 정보를 수집한 모양이더군요. 그 이후로는 숲에서 좀비를 사냥한다고 합니다."

"좀비? 어째서?"

"모르겠습니다. 다음 마을로 이동하기 위한 자금을 모으는 것일지도."

"그런 바보 같은 일이 있겠냐! 나를 만나러 오겠다고 그랬잖아?!"

"그렇게 말씀하셔도, 좀비나 퇴치하고 있는 것이 현재 상황입니다."

배시가 마을에 도착하고 이레.

첫날에는 마을 안에서 무언가 정탐을 다니는 것 같더니 지금은 여관과 숲 바깥을 오가고 있었다.

그는 꺼림칙할 정도로 얌전했다.

문제도 일으키지 않았다. 품행방정하게 매일을 살고 있었다.

마치 오크가 아닌 것 같았다.

"하지만 솔직히 거리에 소문이 돌고 있습니다. 어디선가 찾아온 오크가 좀비를 섬멸하고 있다. 오크도 꽤 하잖아, 그런 식으로. 실제로 그 덕분에 좀비 숫자가 이레 만에 격감했습니다. 슬슬 군에서 소탕 작전을 실시해서 완전히 섬멸하는 것도 괜찮지 않은가, 그런 제안조차 올라오고 있습니다."

"그 녀석을 너무 칭찬하지 말라고……."

"확실히 그에게는 동포가 몇 명이나……."

"바보. 그런 게 아니야. 폴 도령도 그랬잖아. 죽은 이를 잊어서는 안 되지만 누가 죽였는지는 잊어라. 화근은 남기지 말라는 거야."

지금 엘프 왕 노스폴은 화평에 이르러 엘프 전체에게 어떤 명령을 내렸다.

그것은 전쟁을 벌인 상대를 미워하지 않는 것.

원한은 또다시 전쟁을 일으킨다. 누가 죽였는지 언급한다면 반드시 상대도 그에 응수한다.

서로를 죽였던 것이다. 피차일반인 것이다.

미워하지 않는다니 어려운 일이지만 여기서 연쇄를 끊어내는 것이라고.

다른 종족과의 결혼 유행도 있기는 하지만, 그 명령에 따르고 있기에 본래는 배타적일 터인 엘프가 다른 종족에게도 관용적인 것이었다.

배시가 마을에 들어왔지만 클라셀 때처럼 노골적인 취급을 당하지 않은 것도 그 때문이었다.

뭐, 이 마을에 오크 나라와 싸웠던 병사가 많지 않다는 것도 이유겠지만.

"선더 소니아 님, 말씀하시는 내용이 모순됩니다. 칭찬해도 됩니까? 안 됩니까?"

"시끄럽네. 알고 있어, 나도 복잡하다고……."

소니아는 하아, 한숨을 내쉬었다.

어쨌든 지금처럼 되어버린 것은 이미 어쩔 수가 없다.

"뭐, 일단 그 녀석은 됐나. 잘 생각해 보면, 진심으로 나쁜 짓을 꾸민다면 나한테 그런 의미심장한 태도를 취하지는 않았을 테니까 말이야."

배시가 마을에 왔을 때는 당황했고 만나러 온다고 그래서 두려움에 떨었지만, 어쩐지 중요한 고비는 지나간 것처럼 느껴졌다. 마음속에 무언가 위화감은 있지만, 아무것도 하지 않는다면 아무것도 할 수가 없는 것이 현재 상황이었다.

애당초 소문은 증오하지만 배시를 증오할 생각도 없는 것이었다.

패배한 자신이 잘못이니까.

그보다도 어떻게든 불명예스러운 이 소문을 불식시키고 싶었다.

그것이 현재 소니아의 절실한 바람이었다.

하지만 어떻게 하면 좋은가. 이제 와서 배시를 쓰러뜨려 봐야 소문이 사라질 리도 없다.

"젠장, 휴먼 자식!"

이윽고 선더 소니아의 창끝은 휴먼에게 향했다.

"평소에는 방약무인한 주제에 엘프한테는 마음을 써대기는, 하나 정도 불놀이 감각으로 사귀어도 되잖아! 금방 소문이 거짓말이라고 증명될 테고, 뭣하면 죽을 때까지 함께해주겠어! 나는 천이백 년이나 목숨을 걸고서 엘프의 나라에 최선을 다했어! 고작 오륙십 년 정도라면 얼마든지 곁에서 시중을 들어주겠다고! 휴먼 은 자기 옆에 여자를 두는 걸 좋아하잖아! 특히 절벽 위의 꽃을 말이야! 나는 딱 맞잖아! 그렇지?!"

"자신을 절벽 위의 꽃이라고 말씀하십니까."

"아니라는 거냐! 그야 실제 나이는 천이백 살이지만 외모는 백 살이고, 마법은 거의 뭐든지 쓸 수 있고, 지식도 있어! 정치도 다 소는 가능하니까 영지 경영의 조언도 가능해! 절벽 위의 꽃으로 서 자격은 충분하잖아?! 그야 그쪽의 경험은 없지만, 휴먼 남자는 그런 걸 좋아하잖아! 육백 년 전, 동맹국이라면서 엘프의 진지에 와서는 숫처녀를 마구 해치운 장군이 있었다는 거, 잊지 않았어!"

소니아는 배시를 어떻게도 할 수 없다고 생각하자마자 이제까 지 자신을 찬 남자들에 대해서 언급하기 시작했다.

토리카부토는 그 이야기를 듣고 쓴웃음을 지을 수밖에 없었다.

토리카부토는 지금처럼 필사적으로 애원한다면 휴먼 남자도 하나 정도는 사귀어줄 것 같다고 생각했다.

하지만 실제 만남에서 그녀가 이렇게 이야기한 적은 없었다.

애당초 늦깎이이고, 엘프의 대마도사 선더 소니아라는 입장을 생각해서 그에 걸맞게 행동하려고 생각해버린다.

요컨대 멋을 부리고 마는 것이다.

그런 식으로 엘프의 영웅답게 행동하는 그녀를 함락시킬 수 있 겠다고 생각할 만큼 휴먼 남자는 바보가 아니다.

그녀의 기분을 상하게 만든다면 엘프와 휴먼의 전쟁으로 발전

할 수도 있다.

휴먼의 나라에 소니아가 온다면 국빈 대접을 받을 테고 중요인물로 취급된다. 가지고 놀고서 버린다니 당치도 않다.

선더 소니아는 할머니 냄새의 소문 때문에 휴먼이 경원시한다고 생각하지만 사실은 그런 것이었다.

"아, 그렇지. 토리카부토. 뭣하면 네가 장가를 오지 않을래?"

갑작스러운 제안에 토리카부토의 표정이 굳어졌다.

"그런 말씀은 마시죠."

토리카부토의 가장 오래된 기억은 선더 소니아가 기저귀를 갈아주던 광경이었다.

선더 소니아는 기저귀를 갈면서 토리카부토의 어머니에게 "맡겨줘, 나는 너도, 너희 어미의 기저귀도 갈아줬어. 우리 일족의 유모 같은 존재야"라고 자랑스럽게 이야기했다.

그때부터 지금에 이르기까지 토리카부토에게 선더 소니아는 우리 일족의 의지할 수 있는 할머니였다.

당연히 연애 감정은 한 번도 가진 적이 없었다. 그런 것을 가질 수 있을 리도 없다.

"제게는 마음을 정한 사람이 있습니다."

"뭐야, 너 애인 있었냐! 뭐냐고, 그런 건 빨리 말해! 어디 사는 누구야? 응? 어려운 상대인가? 뭣하면 내가 중매를 서줄 수도 있어. 아니, 설마 서큐버스는 아니겠지, 그렇다면 용서 못 해. 내 권한으로 너와 의절하겠다……는 느낌으로 나라에서 나갈 수 있도록 조처해줄게. 안심해, 나는 이해심이 있는 편이니까. 어때?"

"비스트 왕의 셋째 공주 이누에라 님입니다……. 지금은 이래 저래 조정 중이니까 정보를 공개할 수는 없습니다."

"어―, 너 그런 게 취향이었냐?! 그보다도 난 못 들었다고, 조 정이라면 널 승진시켜서 균형을 맞춘다든지 약혼 발표 날짜를 잡 는다든지 그런 거잖아? 어? 못 들었다고?!"

"선더 소니아 님은 입이 가벼우시니까 말하지 말라고 아버님께 서……."

"그렇다면 지금 이 자리에서 말하면 안 되잖아! 너는 이제까지 뭘 배운 거야?! 기밀 유지가 얼마나 중요한지도 모르는 거냐?! 어어?"

성가시네…… 그러면서 토리카부토가 한숨을 내쉬는 사이, 창 틀에 부엉이 한 마리가 앉아서는 부엉부엉 울며 창문을 똑똑 쪼 았다.

살펴봤더니 다리에 무언가가 묶여 있었다.

"응? 전서인가."

소니아는 창문을 열더니 부엉이를 자기 팔에 앉히고 다리에 묶 인 것을 풀었다.

편지였다.

"흠, 키 도령이 보냈군."

"킨센카 장군 말입니까, 뭐라고?"

"좀비 가운데 리치의 모습을 확인했다고 그러네."

"리치, 말입니까? 그렇다면 최근 몇 년 동안의 좀비 소동은?"

"틀림없겠지. 그러니 아무리 구제해도 계속 튀어나올 수밖에."

언데드라는 것은 본래 자연 발생하는 존재다.

깊은 원한이나 후회를 가지고 죽은 자가 되살아나서 산 자를 덮치는 것이다.

그렇다고는 해도 한 번 쓰러뜨리면 부활하지는 않는다.

참고로 좀비가 된 사람의 영혼은 박살 나서 두 번 다시 환생하는 일은 없다고 일컬어진다.

하지만 리치가 있다면 이야기는 다르다.

언데드 최상위종인 리치는 부서진 영혼을 모아서 좀비를 부활시킬 수 있다.

다시 말해서 리치가 있는 한, 좀비가 그 부근에서 사라지지는 않는다.

"닷새 뒤에 대규모 좀비 소탕 작전을 할 테니까 도와달래. 지금부터 와서 작전 회의에 참석해달라네."

"이미 밤중입니다만."

"참 근면하네. 하지만 리치가 발견되었다면 서둘러야만 하는 것도 분명해."

엘프 군부는 우수하다.

전쟁이 끝나고 아직 삼 년.

수천 년을 축적된 노하우는 아직 건재했다.

공격 시에는 최대 전력으로 단숨에 함락시켜야 한다.

엘프 군부는 고작해야 좀비 토벌이라 얕보지 않고 시와나시 숲 방면군 제2대대의 출동을 결정했다.

제2대대는 엘프군 중에서도 특히 마법병을 중심으로 한 군단이다.

좀비에게는 불꽃 마법이 잘 통한다.

이것을 기회로 단숨에 구제하자는 계산일 것이다.

"하지만 대규모 소탕 작전을 한다면 오크의 영웅이 어떻게 움직일지 신경 쓰이는군요……. 저희가 자리를 비운 사이, 행동을 벌일지도 모릅니다."

"으—음…… 하지만 수상쩍은 부분은 없으니까 일단 내버려 둘 수밖에 없겠지. 좀 전에도 말했지만, 정말로 악행을 꾸미고 있다면 굳이 나한테 오진 않을 테니까."

"괜찮겠습니까? 손을 좀 봐두지 않아도."

"야, 내가 마음에 안 드는 상대는 평상시부터 손을 쓴다는 것처럼 들리잖아! 안 한다고 나는, 그런 짓은!"

두 사람의 시답잖은 대화를 부엉이만이 고개를 갸웃거리며 바라봤다.

"어쨌든 지금부터 키 도령한테 갈 테니까 준비를 해."

"알겠습니다."

"음. 나도 나대로 준비할 테니까 한 시간 뒤에 또 부르러 와, 알겠지?"

"옛!"

토리카부토는 그렇게 대답하고 방에서 나가는 것이었다.

여성의 준비에는 시간이 걸린다.

전쟁 종결 후, 남성보다 여성 쪽이 준비에 수고를 들이는 경우가 많았기에 세간에서는 그리 일컬어지기 시작했다.

물론 전쟁 중에는 그런 일은 없었다.

준비는 자기 전에 마쳐두는 것이고, 긴급 사태에 대비해서 얼마나 신속하게 움직일 수 있는지가 병사로서 얼마나 우수한지를 결정했다.

그곳에 남녀 차이는 없었다.

죽음은 남녀 모두에게 찾아오는 것이니까.

죽음을 앞두고서 "준비가 부족하니까 다시 하고 올게요"라고 할 수는 없다.

선더 소니아는 우수한 전사의 예시에 벗어나지 않아서 준비는 빠른 편이었다.

전투가 시작되면 입은 옷 그대로, 품에 넣어둔 휴대식량을 물고서 뛰쳐나가고, 흙과 먼지투성이로 전장을 뛰어다니고, 돌아오면 밥을 먹고, 휴대식량을 품에 넣고, 그대로 잔다.

반드시 수면을 취하고 잘 때는 항상 지팡이랑 간이 식량과 함께했다.

때로는 의식 등으로 몸을 깨끗이 할 때도 있지만 어쨌든 항상 전장에 있다는 마음가짐으로, 여하튼 준비에 쓸데없는 시간을 들이지 않는 여자였다.

처음부터 그렇지는 않았지만 그러지 않고서는 살아남을 수 없는 전장을 다수 경험한 결과, 그렇게 되었다.

그런 선더 소니아는 변했다.

전쟁이 끝난 뒤로 그녀는 외출할 때에는 반드시 한 시간 이상의 시간을 들이게 되었다.

그 원인은 예의 그 일…… 그렇다, 『시와나시 숲의 악몽』이었다.

"자."

선더 소니아의 눈앞에는 휴먼 대장장이에게 특별히 주문하여 만든 욕조가 있었다.

황토색으로 빛나는 그 욕조는 안쪽에 작은 마법진이 그려져 있어서 한눈에 마법 도구임을 알 수 있었다.

선더 소니아가 마법진 한쪽을 건드리고 마력을 흘려 넣자 순식간에 뜨거운 물이 욕조를 채웠다.

그녀는 물속에 손을 넣어 온도를 확인하고는 고개를 끄덕였다.

"좋아."

선더 소니라는 옷을 스르륵 벗어서 바구니에 던져 넣었다.

선이 가늘고 늘씬한 그녀의 몸은 엘프 중에서도 살집이 좋은 편은 아니었지만, 그 자리에 동정 오크가 있었다면 틀림없이 짐승으로 변했을 것이다.

그녀는 그런 몸을 욕조에 담그……기 전에, 욕조 옆에 쪼그려 앉아서 그곳에 놓여 있는 작은 병을 살펴봤다.

노란색, 녹색, 분홍색…… 작은 병 안에는 다양한 색깔의 액체가 들어 있어서 빛을 반사하여 보석처럼 빛났다.

선더 소니아는 그중에서 병 두 개를 손에 들고는 진지하게 내용물을 번갈아 봤다.

"역시 냄새에는 비스트산이 나은가? 아니, 하지만 이런 쪽은 옛날부터 페어리 물건이 최고라고 시장에서는 정해져 있으니까……."

고민하는 선더 소니아의 몸을 휘잉, 틈으로 새어든 바람이 쓰다듬었다.

"흐엣취!"

아저씨 같은 재채기를 한 번 하고서 선더 소니아는 이대로 고민해봐야 결말이 나지 않는다고 판단. 작은 병 한쪽을 들고 다른 쪽의 뚜껑을 열어서 내용물을 욕조 안으로 흘려 넣었다.

그리고는 욕조 옆에 있던 막대기로 내용물을 휘젓자 물에서 거품이 넘쳐 나왔다.

그러고 나서야 선더 소니아는 물속에 몸을 담갔다.

"……후우."

뜨거운 물이 기분 좋아서 선더 소니아는 숨결을 흘렸다.

하지만 그녀의 표정이 풀어지지는 않았다.

그야말로 진지한 표정으로 참방참방, 액체가 녹아든 물을 문지르듯이 피부를 쓰다듬었다.

특히 겨드랑이 아래나 귀 뒤 따위를 공들여서.

선더 소니아가 물에 녹인 액체…… 그것은 비스트족에게 전해지는 것이었다.

비스트는 후각이 예민하다. 그들은 어둠 속에서도 냄새로 간단히 적을 발견할 수 있다.

그런 종족이기에 상대의 후각에 대해서도 빈틈이 없었다.

특히 암살과 척후로 뛰어난 밤늑대 사단 멤버들은 작전 전에 특수한 비누로 몸을 씻어, 몸에서 냄새를 완전히 지우는 것으로 유명했다.

선더 소니아가 사용한 것은 그 비누였다.

이 비누를 쓰면 설령 상대가 비스트일지라도 지근거리가 아니라면 냄새를 맡을 수는 없다.

그만큼 강력한 악취 제거제다.

"이 정도면 될까."

충분히 삼십 분 정도 물로 자신의 몸을 문지르던 선더 소니아는 그렇게 중얼거리더니 욕조 바닥에 있는 마법진을 건드렸다.

그녀가 마력을 싣자 욕조의 물이 점점 사라지고 순식간에 비었다.

선더 소니아는 뭉게뭉게 김이 나는 몸으로 욕조를 나가더니…….

다시 한번, 욕조의 마법진에 손을 얹고 물을 채웠다.

손에 든 것은 조금 전과는 또 다른, 작은 병이었다.

그리고 삼십 분 뒤, 반짝반짝해진 선더 소니아가 그곳에 있었다.

강렬한 악취 제거제로 체취를 지우고, 그러고서 휴먼산 고급 비누로 몸을 구석구석까지 세정.

설령 정말로 할머니 냄새가 나더라도 몇 시간은 절대로 맡을 수 없다. 그런 각오조차 엿보였다.

"으—음……."

속옷 차림인 선더 소니아는 몸에서 김을 피어 올리며 망설이고 있었다.

눈앞에 있는 것은 다양한 색깔의 작은 병이었다.

숫자는 넉넉히 스물 이상은 있었다.

욕조에 넣은 것과 비슷한, 하지만 내용물이 다른 그것은 흔히 『향수』라 불리는 것이었다.

"뿌릴까……?"

선더 소니아는 자신의 냄새를 신경 쓰고 있다.

그래서 작년까지는 목욕을 마치고 향수를 충분히 사용했다.

하지만 어느 날, 이런 소문을 들었다.

『소니아 님 있지, 향수 냄새 심하단 말이지.』

『할머니 냄새, 감추는 거 아냐?』

『역시 나는구나―.』

자신의 체취를 향수로 가리는 만큼 역시나 사실은 냄새나는 것이 아니냐.

그런 소문이었다.

선더 소니아에게 그 소문은 충격이었다.

하지만 동시에 납득되는 부분도 있었다.

향수 냄새를 풀풀 풍긴다면 정말로 자신이 냄새가 나는지 알 수가 없다.

실제로 전쟁 중, 그다지 씻지 못해서 스스로도 냄새가 난다고 생각한 날이 이어졌을 때는 그렇게 체취를 가리기도 했다.

그래서 그날부터 선더 소니아는 향수를 뿌리지 않고 냄새 제거

제와 비누로 마쳤다.

그것은 선더 소니아에게 용기가 필요한 행동이었다. 이러고서 정말로 냄새가 난다면 아마도 회복할 수 없을 것이다.

오늘도 그렇게 할까 생각했다.

하지만 아무래도 배시의 존재가 마음에 걸렸다.

배시의 존재가 마음에 걸리는 것과 향수는 전혀 이어지지 않지만 보험으로 조금은 체취를 가리고 싶다. 그런 기분이 샘솟는 것이었다.

물론 선더 소니아는 냄새가 나지 않는다. 비누의 상쾌한 냄새밖에 안 날 것이다. 그러니까, 그렇다, 어디까지나 보험이다.

"조금이라면 괜찮겠지? 응."

선더 소니아는 스스로를 타이르듯이 그렇게 말하더니 향수병 중 하나, 전쟁 중에도 사용했던 좋아하는 것을 들고서 목덜미에 살짝만 뿌렸다.

■

그리하여 선더 소니아의 준비는 끝났다.

목욕을 한 것뿐이라고 한다면 정말로 그럴 뿐이고, 휴먼 귀족 같은 자라면 더욱 시간이 걸릴 것이다.

하지만 과거에 선더 소니아가 얼마나 신속했는지 아는 사람이 본다면 무슨 일이 있었냐고 걱정할 수준으로 늦었다.

그래도 그렇게 늦는 것에 익숙해진 이도 있었다.

토리카부토다.

그는 방에서 나온 선더 소니아를 보고 이제야 나왔느냐며 한숨을 내쉬었다.

"토리카부토, 기다리게 했네. 가자."

"옛!"

머리를 숙이고, 성큼성큼 걸어가는 선더 소니아를 뒤쫓았다.

그러자 그녀의 머리카락에서 부드러운 향기가 둥실 감돌았다.

그것은 어릴 적에 몇 번인가 맡은 냄새.

어떤 엘프라도 아마 한 번을 맡았을, 안심이 되는 향기.

"……저기, 소니아 님."

"뭐, 뭐냐? 괜찮잖아, 가끔은, 향수 정도는."

"이번 작전 회의, 아마도 기혼자뿐입니다. 노리는 건 매너 위반으로 여겨집니다만."

"노리겠냐, 바보!"

선더 소니아는 뽀로통하게 화를 내며 발걸음을 서둘렀다.

토리카부토도 그를 따라갔다.

오늘도 소니아 님은 필사적이구나, 마음속으로 그렇게 생각하면서…….

ORC HERO
STORY
오크영웅이야기
촌탁열전

6. 오크 좀비

전후, 각국에서 군축이 진행된 것은 주지의 사실이다.

패전국은 물론 승전국 역시도 다시금 전쟁을 일으키지 않기 위해서 정해진 양까지 병력을 줄이는 조정을 진행했다. 정해진 양까지, 말은 그렇지만 패전국의 기준과 비교하면 하늘과 땅 차이였지만.

시와나시 숲 방면군은 오크의 무장봉기와 휴먼의 침공을 상정하여 배치된 군이다.

휴먼과 오크, 각각의 나라에서 침공하는 경우를 생각하여 대대두 개가 배치되었다.

병력은 약 천이백 정도.

제1대대는 궁병을 중심으로 한 대대로 칠백여 명.

제2대대는 마법병을 중심으로 한 대대로 오백여 명.

엘프군에 한정되는 경우는 아니지만 군축이 진행되고도 군대에 남은 자는 싸우는 것밖에 못 하는 선천적인 병사이거나 능력을 높이 사서 군부가 붙잡은 엘리트가 대부분을 차지한다.

다시 말해 현재 각국의 군대는 정예 중의 정예였다.

특히 엘프군은 긴 수명 때문에 휴먼처럼 다음 대에 대비한다는 의식이 희박했다. 신병은 거의 존재하지 않고 종전까지 살아남은 베테랑이 모여 있었다.

종전 직전의 격전에서 살아남은 제2대대 오백여 명의 정예.

고작해야 좀비 퇴치에 나서기에는 과하다고도 할 수 있는 숫자였다.

아무리 리치가 있다고는 해도 백 명만 있으면 충분하니까.

하지만 결코 적을 얕보지 않는 신중함, 반드시 박살내겠다는 강인함이 뒤섞인, 유능한 선택이었다고 할 수 있을 것이다.

그리고 좀비가 발생한 현장에 도착해서 제2대대의 수장인 킨센카 중장이 진행한 것은 정찰이었다.

정찰은 열 개의 소대를 활용하여 진행했다.

정찰대는 본대를 중심으로 방사형으로 흩어져서 백 미터 단위로 마법진을 그렸다.

이 마법진은 주변 오십 미터의 움직임을 감지할 수 있는 것으로, 몇 분이면 효과가 사라진다.

대대는 마법진으로 안전을 확인한 뒤에 오십 미터 전진, 정찰대를 불러들인다.

돌아온 정찰대는 재차 방사형으로 흩어지고 마법진을 그린다.

적과 접촉할 때까지 이것을 실행한다.

"애로 스리로부터 보고, 적 발견. 좀비 다섯, 스켈레톤 셋."

"격파하라."

적을 발견한 순간, 정찰대는 유격대로 바뀌어 본대와 연계해서 협공 혹은 포위, 각개격파를 실행한다.

이런 일련의 흐름은 『엘프 애로』라고 불리는, 엘프의 전통적인 전술이었다.

"애로 식스로부터 적 대장 발견. 리치 하나. 좀비, 스켈레톤 도

합 백 이상!"

"좋아, 리치를 격파, 언데드를 섬멸한다."

『엘프 애로』에게도 몇 가지 약점은 있다.

그 약점을 찔려서 패배한 전장은 양손을 써도 셀 수 없을 정도.

하지만 좀비 퇴치에 사용하는 전술로서는 최적의 답이라 할 수 있었다.

"그럼 선더 소니아 님, 잘 부탁드립니다."

"응, 맡겨라! 리치 정도라면 몇 번이나 퇴치한 적이 있으니까! 여유롭지!"

선더 소니아의 자신만만한 목소리가 숲에 울려 퍼졌다.

엘프 영웅의 말에 대대의 사기가 올라갔다.

삼 년 동안 없었던 대대 규모의 전투……

하지만 괜찮다. 상대는 어차피 좀비 무리. 우리는 그 전쟁에서 살아남은, 승리한 정예.

게다가 우리는 선더 소니아 님과 함께한다. 영웅이 승부를 결정해준다.

우리는 승리한다.

엘프들 가운데 존재하던 아주 약간의 불안은 사라지고 그저 가슴이 두근거렸다.

그렇게 되면 좀비 퇴치 따위는 단순한 퍼레이드나 마찬가지.

"전군, 공격 개시!"

"오오오오오오오!"

전투의 함성을 터뜨리며 엘프들이 공격을 시작했다.

엘프들은 충분한 승산을 가지고 작전을 진행했다.

충분한 병력에 충분한 훈련도. 지휘관은 우수하고 방심하지도 않았다. 사기는 높고, 그렇다고 해서 전공에 매달리는 어리석은 자도 없다. 언데드의 약점은 잘 알고, 그 약점에 맞춘 전술을 취했다.

패배할 요소 따위는 무엇 하나 없었다.

단 하나 오산이 있었다면……

종전 전, 어디서 온 누가 시와나시 숲에서 죽었는지를 잊은 것 정도일까.

◇

한편 그 무렵.

어두운 시와나시 숲의 한 모퉁이.

엘프들이 소리도 없이 정찰을 계속하는 가운데, 더욱 조용한 나무 뒤.

그런 장소의 지면이 봉긋하게 부풀어 올랐다.

무언가가 땅바닥 안에서 나왔다.

그 무언가는 축축한 흙을 뚝뚝 떨어뜨리며 일어섰다.

높이는 삼 미터 정도.

오거족도 이러할까 싶을 정도의 그림자.

그 그림자는 인간의 형태이고, 눈에 해당되는 부분에는 번쩍번쩍 빛나는 붉은 빛이 있었다.

좀비였다.

좀비는 일어서더니 흙을 털어내지도 않고, 주위를 둘러보고는 어느 한 점을 보고 움직임을 멈췄다.

"오오, 오오, 보이는가, 전사들이여!"

시와나시 숲에 목소리가 울렸다.

낮게 갈라진, 마치 지옥 밑바닥에서 올라온 것 같은 목소리가.

"우리에게는 분명히 보인다! 저것이야말로 증오스러운 엘프의 군대다! 그날 보지 못했던, 어둠에 숨어든 비겁한 뒷모습이다!"

생전에는 엄청난 육체의 소유자였을 것이다.

삼 미터 가까운, 거인족도 이러할까 싶은 거구, 썩어서 너덜너 덜해진 상태에서도 강철 같은 근육이 있었음이 엿보이는 두꺼운 팔, 두꺼운 다리.

왼손은 팔꿈치 아래로는 존재하지 않지만 오른손에는 쇳덩어 리로밖에 여겨지지 않을 만큼 거대한 강철 망치를 들고 있었다.

그것들을 녹슨 갑옷으로 뒤덮고, 좀비는 웃었다.

"오오, 보라! 보라! 멋진 광경이 아닌가! 제군도 그렇게 생각하 겠지!"

어느샌가…… 어느샌가 그의 등 뒤에는 좀비가 서 있었다.

한두 마리가 아니었다. 수백으로는 미처 헤아릴 수 없는 대량 의 좀비 무리가.

그들 가운데는 이미 눈알 따위는 없는 자가 많았다.

하지만 붉고 수상쩍게 빛나는 무언가가 그들의 시야를 확보하 고 있었다.

전원이 같은 방향을 보고 있었다. 밤눈이 밝은 시야에 증오스러운 엘프의 군대가 비쳤다.

"웃지 않겠는가! 과거 우리의 패배를 설욕할 수 있는, 이 기쁨에!"

좀비는 강철 망치를 들어 올렸다.

조금 뒤늦게, 좀비들 역시도 각자의 무기를 들어 올렸다.

부러지고 부서지고 녹이 슨 검이나 도끼. 몇 년이나 흙에 묻혀 있었던 것 같은 날붙이. 하지만 그 날붙이에는 역시나 붉은 빛이 수상쩍게 깃들어 있었다.

"그리고, 감사하지 않겠는가! 우리에게 두 번째 기회를 준, 그 교활한 간다구자에게!"

주변의 몬스터들에게서 목소리는 없었다.

보통 좀비라는 것은 말을 하지 않는다. 고작해야 "아―"라든지 "으―" 같은 신음을 터뜨리는 정도였다.

말을 할 수 있는 좀비는 고위 존재이거나…… 혹은 잘 훈련된 좀비였다.

"그리고 뉘우치지 않겠는가! 간다구자를 냉대하고 마지막까지 의견을 들으려고 하지 않았던, 이 몸을!"

그들은 이해하고 있었다.

지금 우리는 은밀하게 행동해야 한다고.

조용히 행동을 개시하여 소리도 없이 상대를 처리해야 한다고.

그렇다, 과거에 엘프의 군대가 우리에게 그러했듯이.

뇌는 이미 썩어서 생각할 힘 따위는 없지만 육체는 기억하고 있었다.

베인 목이, 망가진 심장이, 구멍 뚫린 폐가 이해하고 있었다.

다음은 우리 차례라고.

"진군하라! 전사들이여! 함께 증오스러운 엘프를 짓밟지 않겠는가!"

거대한 좀비의 말에 좀비들은 움직이기 시작했다.

재빠르게, 그러면서도 조용하게.

◇

'그것'을 가장 처음 알아차린 것은 부대 후방에서 마력을 회복하던 정찰 엽병(獵兵)이었다.

그의 긴 귀가 후방에서 다가오는 발소리를 포착했다.

그러나 자신의 뒤에 아군은 없을 터.

그렇다면 시와나시 숲의 마을에서 증원군이라도 왔나.

혹은 전령이라도 왔나.

그런 생각에 뒤를 돌아본 엘프의 눈에 비친 것은 썩은 몸을 이상한 속도로 움직이는 오크 좀비의 모습이었다.

그 정찰 엽병은 전투 경력 오십 년의 베테랑이었다.

그 오크 좀비가 오크 중에서도 소수의 어째신임을 알아차리고, 썩은 몸의 색깔이 살짝 노란색에 가깝다는 것도 확인할 수 있었다.

그리고 오크가 손에 든 단검이 회피 불가능하게 자신의 목에 박히리라는 사실도, 한순간에 이해할 수 있었다.

"적스——."

최후의 의무로서 꺼내려던 목소리는 미처 말을 이루지도 못했다.

단검이 목을 찢고 목소리 대신에 피를 흩뿌렸다.

엘프는 치명상을 입으면서도 등 뒤에서 나타난 오크 좀비의 정체를 파악하려고 했다.

어디서 나타났나, 어디에 숨어 있었나.

"……!"

죽음을 피할 수 없는 엘프의 눈이 조금이라도 정보를 찾으려고 움직였다.

그리고 발견했다.

오크 좀비의 배후.

그곳에는 대량으로 밀려드는 좀비의 무리가 있었다.

그 무리 중 하나가 깃발 하나를 세웠다. 너덜너덜해서 이미 원형을 유지하지 못하는 깃발.

하지만 그 깃발은 분명히 본 적이 있는 것이었다.

일찍이 시와나시 숲에서 스러진, 오크 대장군의…….

"긱…….."

거기까지 떠올린 참에, 어새신의 단검이 척수를 도려내어 엘프의 의식은 사라졌다.

◆

"배후에 적이라고?! 숫자는?!"

"옛! 천은 넘는 것으로 보입니다!"

"······피해는?!"

"정찰 엽병 절반이 사망······ 피해는 막대합니다."

킨센카 중장은 부하의 보고에 눈을 부릅떴다.

갑자기 좀비 집단이 등 뒤에서 출현.

알아차렸을 때에는 마력을 회복 중인 정찰 엽병 대부분이 사망하여 돌아오지 못하는 이가 되었다.

정면에 있는 리치의 좀비가 삼백 정도로 판명되었기에 어떻게 아군 병력을 잃지 않고서 섬멸하고 리치를 칠 것인가, 그렇게 생각하던 바로 그 순간이었다.

알아차리는 것이 너무나도 늦었다.

위협이 될 숫자의 군대를 놓칠 리가 없다고 생각한 탓일까, 배후 경계가 허술해졌다.

"설마, 어디서?"

"갑자기 솟아났다고만······."

"큭."

킨센카 중장은 당황했다.

적의 숫자가 많다. 어디서 왔는지도 알 수 없다. 기습을 당하여 아군 피해는 막대.

이런 상황에 빠졌을 경우, 철수를 선택해야 한다. 두말없이, 체면도 아랑곳하지 않고 도망치는 것이 최선이다.

"······."

철수.

그것이 킨센카의 판단이었다. 하지만 킨센카의 육감은 그것이

위험하다고 호소했다.

철수하기 시작했다가는 그야말로 전멸한다고.

"……마치 그 무렵 같지 않나."

킨센카의 뇌리에 스친 것은 약 백 년 전.

아직 킨센카가 중장이 아니라 중령이던 무렵.

킨센카의 아버지였던 키사사게 중장이 이것과 비슷한 상황에 빠졌다.

키사사게 중장은 당시 엘프군에서 빼어난 판단 속도를 가져 엘프군 최속의 장수라 일컬어지는 인물이었다.

그런 이가 적의 습격을 맞닥뜨리고 철수를 지시.

그 결과로 포위당하고 전멸했다.

킨센카는 그 자초지종을 언덕 위에서 보고 있었다.

그러니까 안다. 협공을 당했을 때, 키사사게의 철수전에 잘못은 전혀 없었다.

그런 상황에서 정확하게 가장 올바른 선택을 했다.

다만 적은 키사사게가 그렇게 움직인다고 아는 것처럼 움직였다. 킨센카는 위에서 보며 "그쪽으로 도망치면 안 돼"라고 몇 번이나 외쳤다.

이윽고 키사사게는 물러날 곳을 잃고 전멸했다.

이번에는 그때와 같은 냄새가 났다.

철수해야만 한다.

하지만 도망치는 방향을 그르치면 전멸한다.

하지만 지금 자신은 어디로 도망치면 되는가.

정석대로 말하자면 배후의 적을 최소한의 병력으로 막으며 전방의 리치를 치고, 그대로 돌파하듯이 철수하는 것이 최선이리라.

가장 빠르게 리치를 발견해서 쓰러뜨린다. 언데드 퇴치에서 최적의 해답이다.

하지만 적은 뒤에서 왔다. 그렇다면 전방의 리치는 가짜일 가능성이 생긴다.

리치가 있는 것은 앞인가 뒤인가.

도망쳐야 하는 곳은 리치가 있는 방향.

그르친 시점에서 패배가 결정된다.

리치가 있다면 언데드는 얼마든지 되살아난다. 무한한 적을 상대로 돌파를 시도하다니, 어리석음의 극치다. 장시간의 협공을 허락해서 막대한 피해를 초래할 것이다.

그렇다, 과거의 키사사게 중장처럼.

"......."

킨센카는 생각했다.

애당초 이 지시를 내린 것은 누구냐?

언데드의 지휘관은 리치다. 하지만 리치는 전방에 있었을 터 아닌가?

지금 당장 철수 지시를 내려야만 하는데 정보가 지나치게 부족해서 지시를 내릴 수가 없었다.

"중장님! 지시를!"

킨센카는 지시를 내릴 수 없었다.

시간은 귀중하다. 지금 당장 움직이지 않는다면 자연스럽게 포위망이 좁혀지고 최후의 도주로조차도 잃을 것이다.

잘못될지라도 무언가 지휘를 해야만 한다.

그것을 알면서도 말은 나오지 않고…….

"이봐, 킨 도령!"

그때 킨센카 중장을 부르는 목소리가 들렸다.

역전의 중장을 어릴 적과 마찬가지로 부르는 사람이라니, 하나밖에 없었다.

돌아보니 그곳에는 한 마법사가 있었다. 금발을 휘날리며 진녹색 로브로 몸을 감싼, 엘프 하나가.

"소니아 님…….."

"좀비는 아마도 흙 속에 숨어 있다가, 우리가 지나간 것을 노려서 나온 거야! 키사 녀석 때랑 똑같아! 상당히 조직적으로 움직인다고!"

선더 소니아의 모습을 보자 킨센카는 마음속에서 안도하는 자신을 깨달았다.

엘프의 영웅.

그 옆에는 그녀를 호위하고 있는 조카 토리카부토의 모습도 있었다.

조카는 시끄럽게 구는 남자이지만 지금은 그럴 때가 아니라고 판단했는지 잠자코 있었다. 어쩐지 불안해 보이는 표정도 드러냈다.

그는 문관이고 전장 경험도 적다. 이런 궁지에 빠진 적도 없을 것이다.

"알고 있습니다! 하지만 도주로가…….."

"어려운 일은 생각하지 마라! 적의 손바닥 위야!"

"하지만 생각하지 않는다면 아버님의 전철을 밟을 뿐입니다!"

"바보! 여기에 누가 있다고 생각하느냐!"

선더 소니아는 작은 가슴을 폈다. 그 말을 듣고 킨센카는 떠올렸다.

그렇다, 이곳에 있는 것은 선더 소니아.

엘프의 대마도사 선더 소니아.

천 가지 마법을 사용하는 희대의 마법사이자 전쟁을 끝낸 주역.

엘프의 영웅. 최강의 마법사.

"내가 돌파구를 뚫고, 겸사겸사 후미도 맡아주마! 안심해라. 너는 반드시 집으로 돌려 보내줄 테니까!"

"……"

"너, 귀여운 아내를 막 얻은 참이니까 말이야! 전쟁도 끝났는데 이런 곳에서 죽어선 안 돼! 반드시 돌아가야만 한다고! 그리고 다른 사람들은 네가 책임을 지고 돌려보내야만 해! 알겠나!"

킨센카는 그 말에 눈두덩이가 뜨거워지는 것을 느꼈다.

아아, 그렇다. 이 사람은 항상 그렇다. 자신이 어릴 적부터 그랬다.

엘프 전체를 가족처럼 생각하고, 모두의 이름을 기억하고. 여차할 때에는 자신이 솔선하여 앞으로 나서서 모두를 지켜준다.

그러니까 엘프의 영웅인 것이다. 그러니까 모두가 그녀의 말을 진지하게 듣는 것이다.

"이봐, 알았나?! 대답해!"

"옛! 알겠습니다! 저 킨센카, 모두를 데리고 탈출하겠습니다!"

"좋아, 잘 말했다! 그럼 돌파하자고!"

그렇다면 어느 쪽을 돌파하는지가 문제인데, 킨센카는 이미 각오를 다졌다.

다름 아닌 엘프의 영웅이 전력을 다하여 싸워준다면 어느 쪽으로 나아가더라도 상관없다.

그렇다면 방향은 정해졌다. 집이 있는 쪽이다.

"전군 전진! 등 뒤에 나타난 좀비 무리를 돌파한다!"

"옛!"

부하들이 달려갔다.

명령은 내렸다. 킨센카는 더 이상 망설이지 않는다. 나아갈 방향에 리치가 있다면 쓰러뜨리고, 혹시 반대쪽에 있다면 훗날 확실하게 이길 수 있는 숫자의 병력을 데리고서 다시 싸운다.

부하는 상당수 죽었을 것이다. 자신은 틀림없이 책임을 지고 계급 강등을 당할 것이다.

그대로 퇴역당할지도 모른다.

하지만 그럼에도 전멸은 피할 수 있다. 궤멸당하지 않고 정보를 본국으로 가져갈 수 있다면 아군의 승리다.

엘프가 이기는 것이다.

좀비 따위에게 패배하는 일은 없는 것이다.

"공격 개시!"

엘프들의, 전투의 함성이 울려 퍼졌다.

◇

킨센카는 철수전을 개시하자마자 적군이 한쪽으로 치우친 것을 깨달았다.

치우쳤다고 해도 언데드 군단임에 변함은 없었다.

스켈레톤과 좀비, 레이스 무리……

뱀파이어나 듀라한 같은 거물은 없지만 리치가 조종하는 군단이라면 그것은 이상한 일이 아니었다.

리치는 최상위 언데드이지만 부활시킬 수 있는 것은 어디까지나 스켈레톤이나 좀비 정도의, 하위 언데드뿐이다.

문제는 그 부분이 아니었다.

스켈레톤이나 좀비의 종족. 다시 말해서 바탕이 된 시체의 종족.

그것이…….

"……오크뿐이잖아."

자신도 전선에 서서 들이닥치는 좀비 무리에게 작열 화염구를 던지며 킨센카는 중얼거렸다.

오크 좀비, 혹은 오크 스켈레톤.

좀비 군단은 거의 오크의 시체만으로 구성되어 있었다.

이따금 날아오는 레이스조차 오크의 모습을 하고 있었다.

아니, 그것 자체는 이상한 일이 아니다.

이곳은 시와나시 숲. 오크와 엘프가 마지막으로 싸운 격전지다. 오크 좀비가 늘어나는 것은 자연스러운 흐름이다.

하지만 킨센카는 좋지 않은 예감을 느꼈다.

시와나시 숲.

갑자기 등 뒤에서 튀어나온 적. 좀비치고는 통솔이 잡힌 움직임.

그리고 자세히 보면…… 자세히 보면 오크 좀비들은 같은 갑옷을 입고 있었다.

전부 너덜너덜해서 판별하기 힘들었지만 분명히 같은 갑옷이었다. 무기에도 통일된 느낌이 있다.

그리고 킨센카는 그것들을 본 적이 있었다.

잊을 수도 없는, 삼 년 이상 전의 일이었다.

"좋아, 킨 도령! 이러면 돌파할 수 있겠어!"

옆에 있는 선더 소니아는 깨닫지 못한 모양이었다.

그녀는 누구보다도 굉장한 마법을 구사하며 순식간에 적진을 가르고 부대를 앞으로 계속 보냈다.

그녀가 지팡이를 휘두를 때마다 그 이름에 걸맞은 섬광이 날아가서는 좀비를 재로, 스켈레톤을 뼛가루로, 레이스를 연기로 바꾸었다.

엘프의 영웅에 걸맞은 활약이지만 킨센카는 큰할머님이 어딘가 부족하다는 사실도 알고 있었다.

"아뇨, 큰할머님, 무언가 좋지 않은——."

"큰할머니라고 부르지 마! 네 부하한테 네가 마지막으로 오줌을 쌌을 때 이야기를 해버릴 거라고?! 알겠냐?! 어엉?!"

"시, 실례했습니다. 하지만 소니아 님. 무언가 좋지 않은 예감이 듭니다. 조심하시길!"

"흥, 이 정도 좀비 무리 따윈 만 마리가 있어도 여유롭게 돌파

해내겠어! 여, 토리카부토, 그렇지?"

"제, 제게는 짐이 무겁습니다……."

조카는 숨이 간당간당했다.

평소의 킨센카라면 한심하다, 그러고도 그 전쟁에서 살아남은 긍지 높은 엘프 전사냐고 질타했을 참이리라.

하지만 그러는 킨센카 역시도 거친 숨을 몰아쉬고 있었다.

그도 그럴 터. 오크 좀비와 오크 스켈레톤의 무리.

말로 하면 단순히 둔중한 언데드 집단이지만 오크의 완력은 잃지 않았다.

한 마리라면 히트 앤드 어웨이로 얼마든지 상대할 수 있지만 지금은 수가 많았다.

밀려드는 무리를 힘으로 비집어 열어야만 한다.

본래 오크라는 존재는 싸움에서 이기든 지든, 전투가 길어질수록 수가 줄어든다.

특히 아름다운 엘프와의 싸움에서는, 오크는 싸움에 이긴 자부터 사라진다.

싸우고, 이기고, 전리품으로 가져간 엘프 여자를 범하기 위해서.

그렇기에 오크를 상대로 한 전투에서는 장기전으로 끌고 가라는 이론도 있다.

물론 끌려간 엘프 여자를 내버려 두면 오크 자손을 낳으니까 바로 다음 행동으로 옮겨야 하겠지만, 기본적으로는 오래 싸우면 싸울수록 전황은 유리하게 기운다.

하지만 킨센카가 싸우는 이 집단은, 줄어들지 않는다.

오크와 싸우는데도, 상대는 오크의 전술을 취하는데도 그런 이론이 통용되지 않는다.

그러기는커녕 쓰러뜨렸을 터인 개체도 얼마 후에는 부활해서 전선에 참가할 터.

리치가 이끌고 있으니까.

그렇기에 킨센카는 이제까지 이상으로 지쳐 있었다.

오크는 전쟁에서 졌다. 하지만 그것은 오크가 약한 탓이 아니었다.

오히려 강한 것이다. 여자를 범하기 위해서 강한 전사가 차례차례 전선에서 이탈하더라도 계속 전투가 벌어질 정도로.

오크 좀비가 되어 전사로서의 역량은 떨어졌다.

그렇기에 아직 맞설 수는 있지만 수적으로 불리하기도 했다.

혹시 이대로 돌파에 지나치게 시간이 걸리게 된다면, 어쩌면…….

"음! 킨 도령! 뭔가 좋지 않은 예감이냐! 아무래도 정답인 모양이야!"

갑자기 선더 소니아가 기쁜 듯 목소리를 높였다.

킨센카가 그녀 쪽을 봤더니 선더 소니아는 오크 좀비의 무리 가운데 어느 한 점을 가리키고 있었다.

그곳에는 명백하게 이질적인 언데드의 모습이 있었다.

너덜너덜하고 검은 외투를 걸치고 긴 지팡이에 매달리듯이 선, 등이 굽은 좀비.

눈은 새빨갛게 번쩍번쩍 빛나고 입가에서는 질질 녹색 점액이 흘러내렸다.

중얼중얼 흘러나오는 소리는 목에 열린 구멍으로 새어 나오는 바람 소리인가, 아니면 누군가를 향한 저주인가.

그 얼굴, 너무나도 이질적이고 너무나도 변모한 그 얼굴.

기억이 있었다.

"……대전사장 간다구자!"

대전사장 간다구자.

그것은 시와나시 숲을 지키는 오크 대장군 바라벤의 부관인 오크 메이지였다.

그리고 이곳 시와나시 숲에서 죽은 남자였다.

시와나시 숲의 마지막 공방전에서…….

"녀석인가……. 뭐, 오크이면서 리치가 될 수 있다면 그 녀석 정도지. 좋아, 여하튼 저 녀석을 쓰러뜨리면 이 소동도 수습된다. 뭐, 맡겨둬라!"

리치는 본래 마법 능력에 뛰어난 죽은 자가 되는 언데드다.

간다구자는 오크족 중에서도 특히 마법에 뛰어난 자였다.

리치가 되기에 충분한 실력을 겸비했다는 것은, 실제로 싸운 적이 있는 킨센카나 선더 소니아도 잘 알고 있었다.

그 실력이라면『오크 장군』이라도 이상하지 않을 정도.

참고로 그들은 모르는 일이지만 오크 메이지의 지위가 낮은 것은 서른까지 동정으로 보냈다는 의미이기 때문이었다.

오크 메이지는 나라를 위해 귀중한 젊은 시기를 바쳤다며 존경받지만, 허나 그럼에도 서른까지 동정이었다는 사실은 지울 수 없는 것이다.

"……."

그렇게 선더 소니아가 간다구자에게 가려고 하자 그는 계속 내 뱉던 저주를 멈추고 고개를 들었다.

선더 소니아를 보고 이름을 중얼거렸다.

"엘프의 대마도사 선더 소니아."

"음?"

웃음이었다.

오크, 그것도 좀비가 선더 소니아를 보고서 웃음을 짓고 있었다.

"그, 그그, 그그그그그. 잘, 잘잘, 잘도, 간파했다…… 내 환술…… 미끼의 존재를……."

썩은 목에서 나오는 것은 물소리 섞인 목소리.

마치 바닥없는 늪 밑바닥에서 울리는 것 같은, 불안하게 만드는 목소리.

"흥, 누가 걸려들겠느냐, 네놈의 계략 따위에! 어?!"

선더 소니아는 돌아봤다.

토리카부토와 킨센카는 바로 그렇다며 고개를 끄덕였다.

설령 계략을 간파하지 못했을지라도 총대장이 허세를 부린다면 그에 맞춘다.

그렇게 해서 사기 저하를 막을 수 있으니까 당연히 그렇게 한다.

물론 평상시에는 눈을 피한다.

"죄의 대가를 치를 때다, 간다구자. 그야말로 저세상으로 보내 주마."

"그그그그그, 그극, 어리석어, 어리석도다, 선더 소니아."

"누, 누가 어리석다는 거냐! 바보 취급 말라고!"

선더 소니아는 "이상한 짓 한 거 없잖아? 그렇지?"라며 돌아봤다.

당연히 등 뒤의 두 사람도 호응해줄 것이라 생각했지만 그들 역시나 주변의 좀비가 모여들어 바쁜 모양이었기에 선더 소니아는 다시 간다구자를 쳐다봤다.

"그그, 미끼에 걸려들지 않았다면 이길 수 있다고, 그렇게 생각하겠지?"

"걸려들었어도 이겨. 아무튼 나는 엘프의 대마도사, 선더 소니아니까!"

"어리석어!"

간다구자가 지팡이로 땅바닥을 쿵 찔렀다.

"무슨 짓을……."

이크, 무언가 마법이라도 사용하느냐며 선더 소니아는 대비했지만 마법이 발동될 기척은 없었다.

하지만 이상한 기척을 느꼈다.

우선 느낀 것은 위압감이었다. 무언가 터무니없이 큰, 힘이 강한 존재가 이쪽으로 오고 있다. 피부에 소름이 돋고 지팡이를 붙잡은 손에 자연스럽게 힘이 실렸다.

"오오, 오오, 오오오오오오!!"

좀비가 꿈틀거리는 숲에서 한층 더 큰 목소리가 터졌다.

꺼림칙할 정도로 조용한 좀비 무리에서 단 하나의 음원.

외침의 주인은 나무들을 우둑우둑 부러뜨리고 쓰러뜨리며 선더 소니아가 있는 쪽으로 다가와서…….

"선더 소니아아아아!"

썩은 성대에서 나온, 불쾌한 목소리.

그와 함께 거목이 날아가며 오크 좀비 하나가 모습을 드러냈다.

오크치고도 너무나 큰 몸.

삼 미터 가까운 거구. 썩기는 했지만 허나 도저히 힘을 잃었다고 여겨지지는 않는, 약동감 있는 움직임.

특징적인 가시가 몇 개나 달린 금속 갑옷. 오거족이 들고 있을 법한, 무겁고 단단한 강철 망치.

선더 소니아는 그것들을 모두 본 기억이 있었다.

"씨족장 바라벤 대장군……!"

그것은 일찍이 시와나시 숲 일대의 씨족장을 맡고 있던 대장군.

시와나시 숲의 최종 방어 라인을 담당했고 엘프군의 손에 전사한, 오크족 최후의 요새.

용감하고 용맹하여 오크족 모두가 동경한 전사 중의 전사.

오크 킹 다음으로 인정받던 오크족 중진.

"오오오아아아아, 널 죽여서 옛 패배의 설욕으으으을!"

거구가 울부짖었다.

압도적인 그 성량에 대지가 흔들리고 나무들이 술렁거렸다.

그리고 주변의 오크 좀비들에게 깃든 붉은 빛이 더욱 강해졌다.

"그, 그그, 그…… 여기서 끝이다, 선더 소니아여."

"에잇, 오크 제너럴 하나 늘었다고 해서 뭐가 어쨌다는 거냐! 바보 취급 말라고!"

선더 소니아는 그렇게 외치더니 자신의 지팡이를 쳐들었다.

"『선더 스트라이크』!"

풀 스윙과 동시에 영창 없이 발사한 것은 선더 소니아의 특기.

번개 창 열두 자루가 순식간에 형성되고 굉장한 속도로 바라벤 장군에게 밀려들었다.

착탄과 동시에 콰광, 큰 소리가 울리고 주위가 새하얗게 물들었다.

한순간 늦게 폭풍이 주위를 휩쓸었다.

공기 안에 전기가 섞여서 선더 소니아의 머리카락이 둥실 떠올랐다.

"어떠냐, 한 방이잖아!"

좀비는 불에 약하다.

하지만 번개도 통하기는 한다. 선더 소니아 정도의 마법이라면 이십 미터 가까운 거구를 가진 드래곤 좀비라도 일격에 재로 변한다.

그녀의 번개는 세계 최강이다.

"오오오아아아아!"

"으엇?!"

선더 소니아는 갑자기 자신에게 들이닥친 망치를 아슬아슬하게 회피했다.

망치는 선더 소니아가 있던 지면을 도려내고 흙먼지를 피워 올렸다.

"어라?"

선더 소니아가 의문이 담긴 목소리로 착탄 지점을 보고, 흙먼지 안에서 나타난 것은 거의 멀쩡한 바라벤 장군의 모습이었다.

당연히 간다구자도 멀쩡했다.

"그, 그그, 그그, 리치가 된 이 몸에게 마법 따윈 통하지 않는다."

리치는 무척 높은 마법 내성을 지녔다.

그에 더해서 간다구자는 엘프 전용으로 고위 마법 장벽을 습득했다.

선더 스트라이크가 결정타가 되지 않은 것도 당연하다고 할 수 있으리라.

그리고 당연히 바라벤 장군에게도 마법 장벽은 쳐져 있었다. 그에 더해서 바라벤 장군이 입은 저 갑옷. 노란색과 빨간색 염료로 칠한 저 갑옷.

"내성 염료인가."

"그그그그그."

간다구자는 웃었다.

갑옷에 사용된 것은 드워프가 만들어낸 내성 염료였다.

빨간색은 불꽃에, 노란색은 전기에, 파란색은 냉기에, 녹색은 흙에 각각 대응한다.

제조법은 비밀 중의 비밀. 드워프밖에 모른다.

드워프는 그것을 동맹국에 배포했다. 선더 소니아가 아는 한, 그 염료를 사용하기 시작했을 무렵에는 네 종족 동맹도 전쟁에서 우위에 서 있었다.

휴먼 왕자 나자르가 청적황의 염료를 사용한 아름다운 갑옷을 입고 데몬 기사를 몇 명이나 박살낸 것은 너무나도 유명한 이야기였다.

그렇다고는 해도 염료는 염료였다.

바르기만 하면 누구라도 쓸 수 있다.

염료는 어느샌가 적국에 빼앗겨서 오크나 데몬 같은 종족도 사용하게 되었다.

그 후로는, 염료는 서로의 진영에서 당연하다는 듯이 사용되었다.

"으음……."

선더 소니아는 신음을 흘렸다.

애당초 좀비는 냉기와 땅 속성에 강한 내성을 지니고 있어서 거의 통하지 않는다.

그에 더해서 저 갑옷으로 불꽃이나 전기가 통하지 않는다면…….

"이건, 힘들지도……."

선더 소니아의 이마에 식은땀이 흘렀다.

7. 막다른 곳의 엘프들

그날, 배시와 젤은 기운차게 좀비를 사냥하고 있었다.

"오늘은 어쩐지 좀비가 풍부하네요!"

하지만 어째선지 오늘따라 좀비의 양이 많았다.

평소에는 한 시간에 두세 마리밖에 나타나지 않는 좀비가 일 초에 한 마리의 비율로 출현했다.

이제는 대군이라고 해도 과언이 아니었다.

"이만큼 좀비가 많다면 번쩍번쩍 목걸이도 살 수 있겠어요!"

"그래!"

배시는 대답을 하며 좀비의 목을 둘로 갈랐다.

배시의 대검에서 펼쳐지는 일격은 어깨와 흉부를 분쇄하고 머리와 복부만이 깔끔하게 남았다.

재빨리 머리에서 턱을 떼어내서 가져온 천 주머니에 던져 넣었다.

언데드 사냥의 보수는 대부분 머리나 아래턱에 지불된다.

스켈레톤이든 좀비든, 목을 남겨두면 일단은 안심이다.

"이만한 양이라면 가져가는 게 큰일이겠네요!"

"뭐, 왕복하면 된다."

배시는 그렇게 말하며 가슴이 두근거렸다.

몇 시간을 싸웠는지 모르겠지만 주변에는 좀비의 시체가 산처럼 쌓여 있었다.

이만큼 좀비를 퇴치한다면 번쩍번쩍 목걸이도 구입할 수 있을 것이다.

그것은 다시 말해 엘프 여성과의 결혼을 의미한다.

자그맣고 아름다운 엘프와의 결혼. 가슴도 기대감으로 셸 위 댄스라는 것이었다.

참고로 그들의 시야 밖에서는 그 좀비가 꾸물꾸물 꿈틀대며 재생하여 또 새로운 개채를 만들어내고 있지만, 당연하게도 알아차리지 못했다.

그저 돈이 자기 쪽에서 찾아오는 상황에 환희했다.

설령 알아차렸을지라도 좀비의 아래턱을 무한하게 손에 넣을 수 있는 이 상황에 역시나 기뻐했을 것이다.

"아, 당신! 레이스! 레이스도 나왔어요! 아마 레이스도 보수가 나올 거예요! 좀비랑 스켈레톤에 나오면서 레이스한테는 안 나올 리는 없을 테니까요!"

"맡기지!"

"예! 『페어리 샤인』!"

젤이 엄청난 빛을 발하자 레이스는 금세 사라졌다.

이래 보여도 젤 역시 역전의 전사였다. 파괴력이 충분한 마법을 쓸 수 있다……는 것도 있지만, 물리 공격을 거의 무효화하는 레이스는 빛의 마법에 약했다.

남은 것은 비단처럼 얇은 천 조각.

레이스의 잔해였다.

젤은 그것을 공중에서 주워들더니 주머니 안에 넣으려다가,

"앗! 당신! 이미 주머니가 가득해요!"

주머니가 가득한 것을 깨달았다.

"음…… 한 번 돌아갈까."

배시는 그렇게 말하며 천 주머니를 짊어졌다.

오크의 거구에서 봐도 지나치게 클 정도인 주머니. 그 무게에 배시의 가슴이 크게 뛰었다.

"어—! 돌아가나요?! 이런 좀비 무리, 내일은 없어져 버릴지도 모른다고요?!"

"좀비는 도망치지 않아. 철새가 아니니까 말이다."

"그야 그럴지도 모르지만요—."

배시가 대검을 휘둘러 담담하게 길을 열고 젤이 뒤따라갔다.

바로 그때였다.

"어이어이어이어이어이, 너무 많잖아?! 어떻게 된 거야, 이건?!"

사람 목소리가 들렸다.

배시가 그쪽을 봤더니 한 남자가 좀비를 상대로 활극을 펼치고 있었다.

갈색 얼룩무늬 갑옷을 입고, 오른손에 빛나는 검을 들고, 왼손에 활활 타는 방패를 들고, 들이닥치는 좀비를 굉장한 속도로 쓰러뜨렸다.

그의 토벌 속도는 배시에게 미치지는 못하지만 그러나 일반적으로 보면 너무나도 충분할 정도로 빠른 것이었다.

"우오—, 이런이런이런, 장난이 아니라고, 이거!"

남자는 위험하다는 듯이 말했지만 싸움에는 여유가 있었고 얼굴은 환희로 가득했다.

그의 옆에 있는 가득 찬 천 주머니를 보면 그 역시도 좀비를 사냥하러 온 것이리라.

웃고 있는 것은 배시 일행과 같은 이유임에 틀림없었다.

"저 녀석은……."

배시는 그를 본 적이 있었다.

그렇다, 술집에서 정보를 알려준 그 사람이었다.

그와 동시에 그도 배시의 존재를 깨달았다.

"우오오오! 좀비가 아닌 오크도 있었냐!"

그러더니 타오르는 방패를 앞으로 들고 배시에게 돌진했다.

배시는 대검을 들어 그에 맞섰다.

여하튼 다가오는 적을 쓰러뜨리는 것에 이유는 필요 없었다.

"……."

하지만 그는 배시의 간격으로 들어오기 직전에 멈췄다.

안면은 창백. 비지땀을 뚝뚝 흘리고 숨이 거칠었다.

"『오크의 영웅』인가?"

아무래도 배시를 아는 인물인 것 같았다.

"그러는 너는 『숨통을 끊는 자』?"

배시 역시도 눈앞에 있는 남자의 정체를 깨달았다.

전날에는 몰랐지만 그의 장비가 그의 정체를 드러내고 있었다.

원래는 하얀색이었을, 피로 물든 갑옷.

너무나도 높은 마력 때문에 마력을 부여한 순간부터 검은 빛을 발하고 방패는 타오른다.

휴먼 희대의 마법 전사.

『숨통을 끊는 자』브리즈 쿠겔.

"오크의 영웅이 이런 곳에서 뭘 하는 거지……?"

"전날 이야기한 그대로다."

"전날? 너랑 만난 적은……."

그때 브리즈도 떠올렸다.

얼마 전, 술집에서 엘프에게 차이고 한 오크와 의기투합한 것을.

거나하게 취한 탓에 대화 내용은 전혀 기억나지 않았다.

아름다운 엘프를 바라보며 함께 술을 마셨다는 것 정도만을 기억했다.

하지만 브리즈는 휴먼이다.

휴먼은 똑똑하고, 사려 깊고, 분위기도 파악할 줄 안다.

그렇기에 천 주머니를 보고 한순간에 헤아렸다.

"훗…… 오크의 영웅이 어째서 이런 곳에 있나 싶었더니…… 그런 일인가."

"그래, 부끄럽게도 말이다."

"부끄러워할 것 없어. 훌륭한 일이야. 나랑 비교하면 말이지."

"……."

배시는 브리즈를 봤다.

검과 방패에 마법을 부여한 모습은 누가 보더라도 든든하게 비칠 것이다.

휴먼은 동정과 관계없이 마법을 쓸 수 있으니 마법 전사라는 사실이 부끄럽지는 않을 것이다.

하지만 전날의 대화를 듣기에 그 역시도 독신이었다.

휴먼의 나라에서는 나이를 먹으면 결혼을 하는 것은 당연하다고 한다.

오크가 동정을 부끄럽게 생각하는 것과 마찬가지로 휴먼은 독신을 부끄럽게 생각하는 것일지도 모른다.

"할 일은 다르지 않겠지. 나도 너도."

"하하, 네가 그렇게 말하면 당해낼 수가 없는데 말이야. 고맙네."

브리즈는 자조하듯 웃었다.

눈앞의 너무나도 훌륭한 존재에게 압도당해서 자신이 너무도 왜소하게 보이는 것처럼.

그렇다고는 해도 배시의 입장에서는 왜 그가 그런 표정을 짓는지는 알 수 없었다.

서로 엘프를 원해서 좀비 사냥으로 돈을 벌려는 입장인데도.

"음?"

그때 배시의 예민한 귀가 어느 소리를 포착했다.

쩡으로도 쨍으로도 들리는 소리 가운데, 듣기 좋고 편한 목소리가 섞여 있었다.

"엘프가 좀비에게 습격을 당하고 있는 모양이군."

"뭐라고?"

배시는 귀를 기울였다.

그러자 엘프들의 당황한 목소리까지 들렸다. 몰리고 있는지 목소리에 여유는 없고 비명도 섞여 있었다.

"열세인 것 같다."

"……"

배시가 그렇게 말한 순간, 브리즈의 눈매가 가늘어졌다.

입을 닫고 진지한 표정을 지었다.

"남 일처럼 말할 때냐, 엘프가 위기라고?! 어느 쪽이야?!"

"저쪽이다."

"좋아, 가자고!"

브리즈는 그러고서 달려갔다.

"뭘까요?"

갑자기 그가 달려가자 젤은 고개를 갸웃거렸다.

젤의 입장에서는 애당초 이 남자가 누구인지조차 알 수 없었다.

배시가 아는 사람이고, 휴먼의 엄청 강한 마법 전사라는 사실 정도였다.

"모르겠군. 가자고 그랬으니까 따라가 볼까."

여하튼 배시는 그를 따르는 것이었다.

◆

달려간 곳은 지옥 같은 광경이었다.

대량의 좀비.

그를 상대하는 것은 엘프 몇 명이었다.

엘프들은 진형을 짜고서 차례차례 덮치는 좀비들에게 저항했지만 누가 봐도 만신창이.

지면에는 이미 엘프 몇 명이 쓰러져 있었다. 몇 명은 이미 숨을 거두었고, 몇 명은 이미 죽어가는 상황. 이제 전멸은 시간문제라는 사실은 누구의 눈에도 명백했다.

"젠장…… 여기까진가……!"

"허, 그 지옥에서 살아남은 우리 제31독립분대가 이런 곳에서 죽게 되다니."

"아아…… 결혼하고 싶었는데……."

살아남은 엘프들의 목소리에도 체념이 섞이기 시작했다.

신병은 없었다.

젊은 병사는 먼저 보내주었다. 이곳에 있는 것은 고참뿐이었다.

하지만 백전연마의 고참병이라도 포위당한 상황에서 끝도 없이 계속 튀어나오는 좀비를 계속 쓰러뜨릴 만큼의 힘은 없었다.

하나, 또 하나 치명상을 당하고 점차 쓰러졌다.

"마력도 떨어졌나…… 아—아, 평화로워져서 이제 죽을 일은 없다고 생각했는데 말이지. 방심했을까?"

"우리도 무뎌졌네. 저런 쓰레기들을 먼저 보내고 우리가 남아 버리다니."

"아아…… 결혼하고 싶었어……."

마지막으로 남은 몇몇 엘프.

그녀들은 좀비를 상대로 계속 싸웠지만 이미 퇴로는 없고 여력도 없었다.

이윽고 그녀들은 좀비 무리에게 점차 삼켜지고…….

"『세이크리드 엣지』!"

빛의 칼날이 좀비를 베어 넘겼다.

그것은 한 전사였다.

빛의 검이 좀비를 일격에 쓰러뜨리고, 불타는 방패가 좀비를 재로 만들었다.

아니, 하나가 아니었다.

그의 등 뒤에서는 다른 전사가 날뛰고 있었다. 거대한 대검을 휘두를 때마다 좀비 몇 마리가 그야말로 날아갔다.

"······?"

어안이 벙벙한 엘프들의 시야에 무언가 빛나는 물체가 비쳤다.

그 물체는 쓰러진 엘프에게 살랑살랑 불안하게 날아가서는 공중에서 빙글빙글 회전하며 무언가 빛나는 가루 같은 것을 떨어뜨렸다.

잘은 모르겠지만 어쩐지 환상적인 광경.

비행 물체의 회전이 무언가 꺼림칙한 춤인 탓인지, 그다지 환상적이라고 단언할 수는 없는 광경.

그런 광경을 제쳐두고 갑자기 나타난 두 전사는 차례차례 좀비를 소멸시켰다.

마치 잡초라도 베는 것처럼 손쉽게.

피로 따위는 모르는 것처럼 담담하게.

그것은 주위에서 좀비가 일소될 때까지 이어졌다.

"후우······."

일단 주위에 적이 없는 것을 확인한 남자—— 브리즈는 엘프들 쪽으로 향했다.

그리고 걸리적거린다는 듯이 머리카락을 쓸어 올리고 엘프에게 물었다.

"아가씨들, 괜찮나?"

멍하니 있던 엘프들은 그 말에 끄덕끄덕 고개를 끄덕였다.

잘은 모르겠지만 도와주러 왔다, 그런 것이리라.

하지만 빛의 검을 든 휴먼과 대검을 든 오크의 조합에 엘프들의 사고는 따라가지 못했다.

그리고 오크── 배시 쪽도 엘프들에게 다가왔다.

무언가 복잡한 표정으로 엘프들에게 무언가 말하려다가, 그는 문득 시야 구석에서 어떤 것을 발견했다.

"음……!"

나무에 기대어 쓰러져 있는 한 엘프.

복부에는 큰 상처가 있고 옷은 새빨간 피로 물들어 있었다.

눈은 감겼고 호흡도 가늘었다. 배시는 그녀를 본 적이 있었다.

"너는…… 이봐, 괜찮나?!"

배시는 그녀의 이름을 모른다.

다만 기억한다. 잊을까 보냐.

그녀가 없었다면 배시는『참수리의 횃대』에 다다르지는 못했으니까.

"아……. 아아…… 그, 목소리는…… 전날의 오크 경……인가?"

"그래! 정신 단단히 차려라, 상처는 얕아!"

"아니…… 무리야…… 이미, 눈이, 안 보여…….""

"그건 네가 눈을 감고 있어서 그래! 정말로 상처는 얕다고!"

사실 상처는 이미 낫고 있었다.

페어리의 가루는 어떤 상처라도 당장 치료해버린다.

아마도 레이스의 공격을 받아서 정신이 흐트러진 것이리라.

페어리의 가루는 기본적으로 만병통치약이지만 정신에 입은 대미지에는 잘 듣지 않을 때가 있었다.

페어리는 기본적으로 정신을 흐트러뜨리는 종족이니까 어쩔 수 없었다.

"오크 경…… 전해줘…… 소니아 님께서, 본대에 있어…… 남쪽이야…… 이쪽에…… 리치는, 없어. 가짜야…… 여기 좀비의 숫자…… 함정…… 어쩌면 그분이라도…… 위험할지도 몰라…… 부탁이야……."

소니아 님이 위험하다.

그 말에 배시의 마음이 술렁거렸다.

소니아. 자신이 점찍은, 아름다운 그 엘프의 이름이었다.

그런 상대가 위험. 그 말을 듣고 배시는 일어설 수밖에 없었다.

"……알았다. 정보에 감사를 표하지!"

배시는 일어섰다.

그리고 브리즈 쪽으로 눈짓을 보냈다.

브리즈 역시도 이야기의 내용에서 배시가 무엇을 하고 싶은지 이해했다.

"그래, 여긴 맡겨둬. 네 짐도…… 책임지고 가져다주지."

브리즈는 그렇게 말하면서도 엘프 하나를 안고 있었다.

그 엘프가 "나도 데려다주세요……"라고 속삭이자 인중을 칠칠치 못하게 늘어뜨리고서 말 같은 얼굴이 되어 있었다.

"…………."

배시는 엄청나게 부러웠다.

어쩌면 그 자리에서 다른 엘프에게 말을 건네었다면 배시에게 도 그와 같은 천국이 찾아왔을지도 모른다.

하지만 배시는 이미 결정했다. 그날, 그 아름다운 엘프에게 구혼 하겠다고. 좀비를 사냥하면서도 계속 그 엘프를 생각했던 것이다.

"부탁하지."

그래서 배시는 달려갔다.

브리즈는 그의 뒷모습을 지켜봤다.

그도 전쟁에서 살아남은 전사다. 남자가 싸우러 가는 것을 말 리는 촌스러운 짓은 하지 않는다.

"헷…… 역시 진짜 영웅은 다르구나."

그리고 브리즈는 알아차렸다.

여행을 나서지 않는 오크가 어째서 이런 곳에 있는가. 엘프의 숲에서 왜 오크 좀비를 계속 사냥했는가…….

그 진정한 이유를.

"아아, 마지막으로…… 달링을…… 한 번…… 만나고 싶었……."

"저기, 아잘레아 대장님. 진짜로 상처, 이미 나았다고요?"

"……어라?"

정신착란에서 회복된 아잘레아가 눈을 번쩍 떴을 때에는, 이미 배시의 모습은 없었다.

◆

"허억…… 허억…… 젠장……."

씨족장 바라벤 장군과의 전투가 시작되고 수십 분이 경과했다.

고작 수십 분.

그동안에 선더 소니아는 백을 넘는 마법을 날리고 주변의 나무들을 불태우며 그 자리를 광장으로 바꾸었다.

하지만 그 중심에 선 남자는 건재했다.

"오오오오오오오오아아아아아아아!"

"그, 그그그, 어리석어, 어리석어, 어리석도다 선더 소니아……."

포효하는 바라벤.

비웃는 간다구자.

그들은 백을 넘는 마법을 받고서도 건재했다.

좀비이기에 건재하다는 말은 조금 이상할지도 모르겠지만 어쨌든 움직이고 있었다.

오크 제너럴에 걸맞은, 힘과 속도를 겸비한 날카로운 움직임.

민첩한 엘프 전사라도 어지간해서는 금세 박살 났을 것이다.

"증오, 증오하는 원수! 엘프, 엘프, 엘프으의! 내 일격을 받아라아아!"

썩어가는 뇌에서 자아내는 저주 같은 외침.

실제로 선더 소니아도 몇 번인가 미처 회피하지 못하고 그 일격을 맞았다.

그녀가 상처를 입으면서도 살아남은 것은 그저 고도의 마법 장벽으로 방어했기 때문이었다.

그렇다고는 해도 격렬한 공격에 더해 방어에도 마력을 돌리고 말았다.

아무리 선더 소니아가 엘프 나라 최고의 마법사일지라도 최대 출력을 유지해서 싸운다면 오래 버티지는 못한다.

그렇다고 해서 출력을 제한하고 시간을 들여서 싸운다면 아군의 붕괴는 피할 수 없다.

그러기는커녕 지금, 이 순간에도 엘프 전사들이 하나, 또 하나 목숨을 잃고 있었다.

곧바로 쓰러뜨릴 필요가 있었다.

이렇게나 시간을 들여서는 안 되었다.

하지만 선더 소니아에게 유효타를 줄 수 있는 수단은 없었다.

특기인 번개는 물론 언데드에게 유효한 불꽃도, 유효하지 않은 냉기나 불조차 전부 내성 때문에 위력이 격감했다.

설령 전위인 바라벤 장군을 쓰러뜨렸을지라도 금세 등 뒤에 있는 간다구자가 부활시킬 것이다.

간다구자를 먼저 쓰러뜨리려고 해도 바라벤 장군이 그것을 전력으로 저지하고, 리치가 사용하는 고도의 마법 장벽이 그것을 허락하지 않았다.

"……위험한데."

진다, 선더 소니아는 깨달았다.

이제까지 이기지 못하는 싸움은 몇 번이나 체험했다.

그냥 천이백 년이나 살지는 않았다.

이미 수백 년이나 엘프의 대마도사 선더 소니아로서 살았다.

그러니 적도 선더 소니아에 대한 대책을 강구한다.

특히 데몬 왕 게디구즈는, 엘프의 도시 하나를 멸망시켰을 때에는 선더 소니아의 마법을 완전히 봉쇄했다.

죽어도 이상하지 않은 전투는 몇 번이나 있었다.

선더 소니아가 살아남은 것은 지저분할지라도 살아서 버렸기 때문이었다.

자신이 죽으면 엘프 나라의 사기가 내려간다.

자신이 죽으면 누가 엘프 나라를 지키겠는가.

자신이 죽으면 아직 어린아이 같은 그 녀석들밖에 안 남는다.

그런 마음이 그녀를 비참한 도주로 이끌고, 그녀가 흙탕물을 마시면서도 살아남아서 지금, 이 순간까지 살아있다.

"……."

선더 소니아는 뒤를 흘끗 돌아봤다.

그곳에는 토리카부토의 모습이 있었다. 킨센카는 이미 없었다. 그는 부대를 이끌고 철수했다.

조금 전의 말처럼 선더 소니아의 말을 듣고 전력으로 철수에 집중해주었다.

토리카부토가 남은 것은 그가 선더 소니아의 호위 겸 시중이었으니까.

그의 임무는 선더 소니아를 지키는 것. 그러니까 남았다.

하지만, 선더 소니아는 떠올렸다.

토리카부토는 결혼을 앞두었다고.

아직 공표할 수는 없지만 사랑하는 사람이 있고, 이미 서로를 사랑한다고.

그저 부러울 따름이었다.

하지만 축복하는 심정이 더 강했다.

여하튼 선더 소니아는 토리카부토의 기저귀를 갈아준 적도 있었다.

어릴 적에는 소냐ㅡ, 소냐ㅡ라며 뒤를 쫓아서 걸어오던 모습을 기억한다.

조카나 마찬가지, 귀엽지 않을 리가 없었다.

이미 전쟁은 끝난 것이다.

길고, 괴롭고, 언제까지 이어질지 알 수 없었던 그 전쟁이, 이 아이들 대에서 끝난 것이다.

그는 여기서 죽어서는 안 된다.

이런 빌어먹을 좀비…… 따위, 패배자의 망령에게 지옥으로 끌려가서는 안 된다.

혹시 끌려간다면, 그것은…….

그것은 자신만으로 충분하다.

"좋아."

선더 소니아는 고개를 끄덕였다.

"토리카부토. 아무래도 이 녀석들을 상대하면 시간이 걸리겠어! 이대로 쓸데없이 시간만 낭비하는 것도 바보 같은 짓! 일단 이 녀석들은 내가 막을 테니까 너는 먼저 돌파하는 거야! 나도 조금 있다가 뒤따를 테니까!"

적당히 유도할 수 있었다.

선더 소니아는 그렇게 믿어 의심치 않았다.

실제로 자신이 장시간의 전투도 가능한 마법사임은 주지의 사실이다.

이대로 이곳에 버틸지라도 아군에게 아무런 이득도 없다.

후미를 남기고 철수한다. 논리를 따지면 지극히 타당한 의견이라고.

하지만 그는 소리 높였다.

"무슨 말씀을! 당신을 죽게 내버려 두다니, 그럴 수는 없습니다!"

어라?

선더 소니아는 고개를 갸웃거렸다.

"주, 죽게 내버려 두다니 무슨 소리야! 딱히 죽을 생각은 없다고?! 정말이라고?!"

"아니아니, 당신, 평소에는 『막겠다』 같은 말은 안 하잖아요! 『거기서 보고 있어라, 맡겨줘라, 바로 박살 내주겠다. 그 얼굴은 뭐야? 못 할 거라고 생각해? 나는 엘프의 대마도사 선더 소니아라고!』 같이……."

항상 그런 소리를 했을까, 선더 소니아는 자문자답했다.

……말한 것 같기는 했다.

선더 소니아는 언제나 엘프들을 안심시키고자 했다.

적의 숫자가 많고, 절체절명의 위기라고 아군이 느낄 때.

전쟁 틈틈이, 아주 잠깐의 휴식 시간에, 아이들과 놀아줬을 때.

데몬 왕 게디구즈와 싸우러 갈 때도, 비슷한 소리를 했다.

확실히 막겠다, 같은 소극적인 표현을 한 적은 없었다.

언제나 선더 소니아는 엘프의 대마도사, 엘프의 영웅으로서 행동했다.

자신은 엘프 최강의 마법사다. 맡겨두라고.

"그래도 너를 죽게 할 수는 없어. 네 어머니를 무슨 낯으로 보겠어? 그렇지?"

"어째서 제가 죽고 당신이 살아남는 게 되는 겁니까……?"

"아니, 예를 들면 말이야! 내가 뻔뻔스럽게 살아남아서 본국까지 돌아갔을 때 말이다!"

"……하지만, 아뇨, 그러는 편이 낫습니다!"

토리카부토는 선더 소니아의 말에 입가를 꽉 다물고 고개를 끄덕였다.

숨을 삼키고 심호흡을 한 번 한 뒤, 그는 말했다.

"응. 그러는 편이 나아. 오히려 제가 이들을 막겠습니다. 그동안에 부디 소니아 님은 마을로 돌아가셔서 원군을! 뭐, 당신이 살아있다면 엘프는 얼마든지 싸울 수 있습니다!"

"너……."

토리카부토가 죽는다면 슬퍼할 사람은 많다.

토리카부토의 부모도, 토리카부토의 형제도, 토리카부토의 동료도, 토리카부토가 결혼한다는 비스트 공주도 슬퍼할 것이다.

하지만 그것뿐이다.

그는 군인. 조직의 일원. 엘프군은 설령 총대장이 쓰러질지라도 즉각 지휘관을 바꾸어서 전투를 속행할 수 있도록 조직되어 있다.

대체할 수 있는 존재인 것이다.

하지만 엘프의 대마도사 선더 소니아.

그녀는 다르다. 그녀는 엘프족의 상징이라고도 할 수 있는 존재. 천이백 년 동안 엘프를 계속 지킨, 엘프의 수호신인 것이다.

"바보! 너, 너, 너 말이지! 내가, 내가 뭘 위해서…… 뭘 위해서……."

선더 소니아는 눈물을 글썽이고 분하다는 듯 입술을 악물었다.

생각해 보면 항상 그랬다.

선더 소니아가 육백 살을 넘었을 무렵부터 모두가 그녀의 목숨을 지키고자 해주었다.

군에 속해 있다고는 해도 계급도 없고, 족장의 혈통이라고는 해도 은거 정도의 권한밖에 없었다.

그런 그녀를 언제나 젊은이는 살아남도록 해주었다.

그리고 실제로 살아남도록 만들었다. 그렇기에 자신은 살아있다.

당시에는 그것을 받아들였다. 분명히 자신은 전쟁에 필요했다. 없었다면 엘프는 꺾였다. 그것을 알았기에 더러울지라도 살아남았다.

하지만 이제 전쟁은 끝나지 않았나.

이기지 않았나.

그런데도 어째서 아직도 살리려고 하는 것인가.

"천이백 년이나 계속 싸우고, 전쟁에서도 살아남았습니다. 슬슬 당신은 싸움에서 떨어져서 행복하게 살아야 합니다. 결혼도 하고, 말이죠."

"그렇게 생각한다면 네가 맞이해!"

"아니, 그건 좀. 약혼자 있으니까요."

"그렇다면 네가 살아남아!"

토리카부토와 선더 소니아가 평소처럼 갸―갸― 말다툼을 하려던, 그다음 순간이었다.

토리카부토에게 한 아름은 될 법한 바위가 날아왔다.

바위에 말려들듯이 토리카부토는 날아가서, 수십 미터 정도에서 정지했다.

꿈쩍도 하지 않았다.

"그그그그그, 장난은 끝이다."

방심……이라고 하면 바로 그럴 것이다.

전투 도중, 상대에게서 눈을 뗐다.

그 결과, 친지가 죽었다.

"토리카부토…… 너…… 이런, 이런 곳에서, 죽지는 않겠지? 그렇지?"

선더 소니아는 물었다.

하지만 대답은 없었다.

"결혼할 거잖아? 비스트 공주님이랑. 너, 어릴 적부터, 동물을 좋아했지…… 어, 아니, 지금은 비스트를 동물 취급하는 건 차별에 해당되던가? 있잖아, 야, 대답해……."

대답은 없었다.

그저 꿈쩍도 하지 않는 엘프가 쓰러져 있을 뿐이었다.

옛날부터 자주 있던 일이다. 멍청한 소니아는 자주 적에게서 눈을 떼고, 방심하고, 작은 실수를 저질러서 동료를 죽였다.

모든 적이 자신의 책임은 아니다.

토리카부토도 잘못했다. 즐겁게 말싸움이나 할 여유 따위는 없었던 것이다.

선더 소니아의 말을 듣고 냉큼 철수하면 그만이었다.

그렇게 스스로를 타일러도 선더 소니아의 마음은 풀리지 않았다.

"절대로……."

그래서 소니아는 바뀌었다.

선더 소니아는 엘프 전사다.

역전의 전사다.

그녀는 지금, 한창 전쟁 중이던 그 순간으로 돌아가려 하고 있었다. 발견한 적 모두를 불태운, 엘프의 영웅으로.

"절대로 용서하지 않겠다! 두 번 다시 좀비가 되지 않도록 이 세상에서 완전히 지워주겠다!"

선더 소니아는 지팡이를 들었다.

격노했지만 동시에 냉정하기도 했다.

화를 낸다고 상황은 바뀌지 않는다. 마법은 거의 통하지 않고, 유효한 대항 수단은 없다.

적어도 자신이나, 앞서 갔을 터인 킨센카만큼은 탈출해야만 한다.

엘프의 영웅과 중장이 이런 좀비 퇴치 따위로 나란히 죽어서는, 억누르고 있는 오크나 동맹국이지만 영토 확대를 노리고 있을 휴먼이 움직이지 않으리라 단정할 수는 없다.

또다시 전쟁이 시작된다.

그건 안 된다. 어느 쪽이 죽더라도 다른 한쪽이 살아남아서 사실을 감추어야만 한다. 하지만, 어떻게······.

"놓치지, 놓치지, 놓치지 않는다! 엘프는, 하나도, 엘프는 하나도오오!"

바라벤 장군의 외침이 울려 퍼졌다.

선더 소니아도 마음은 같았다.

좀비 한 마리도 놓칠 생각은 없었다.

다만 그럴 힘이 지금, 수중에 없다. 그것이 참으로 분했다.

"시끄러워! 좀비는 얌전히 무덤에라도······."

바로 그때였다.

순식간에 거기까지 생각한 참에 문득 선더 소니아와 바라벤 장군 사이를 무언가가 지나갔다.

재빠르게, 그러면서도 어쩐지 불안정하게, 어딘가로 가버릴 것 같은 그 존재.

그 녀석은 쓰러진 토리카부토 위까지 이동하더니 무언가 이상한 춤을 시작했다.

트리플 악셀에서 더블 토룹.

그러자 그 녀석에게서 비듬 같은 것이 팔랑팔랑 토리카부토에게 떨어지기 시작했다.

얼빠진 춤은 환상적이라고 하기에는 거리가 먼 광경이었다.

하지만 분하게도 사람은 이것을 환상적이라고 표현할 수밖에 없다.

그 녀석이 무엇을 하고 있는지 이 상황에서 이해할 수 있는 자는 없었다.

그보다 중요한 일이 있었다.

그보다도 선더 소니아와 바라벤 장군에게는 마음에 걸리는 일이 있었다.

천천히 자신들에게 다가오는 기척.

멀리서 파괴음을 흩뿌리며 다가오는 존재.

좀비를 박살 내고 나무들을 쓰러뜨리며 이쪽으로 다가왔다.

작으면서도 농밀한, 떨리는 듯한 폭력의 덩어리.

그리고 그 녀석은 천천히 모습을 드러냈다.

"······."

오크였다.

피부 색깔은 일반적인 그린.

오크치고는 조금 작지만 밀도 높은 근육으로 뒤덮인 몸. 매 같은 눈빛, 보라색이 섞인 푸른 머리카락. 오른손에는 대검. 아무런 특이점도 없는, 어디에나 있는 그린 오크.

선더 소니아는 알고 있었다.

얼핏 평범하게 보이는 이 오크가 세계의 누구보다도 무서운 존재임을.

"배시······."

그리고 이해했다.

오크의 영웅인 이 남자가 어째서 지금 이곳에 있는가.

어째서 이곳 시와나시 숲으로 찾아왔는가. 자신 앞에 모습을 드러내겠다고 했는가.

"오오! 영웅 배시! 오랜만이다! 잘 지냈느냐!"

바라벤이 환희하여 소리 높였다.

망치를 든 양팔을 펼쳐 영웅을 불러들였다.

"그대가 있다면 든든하지! 자, 예전처럼 함께 싸우자! 증오스러운 엘프를 멸하고 우리가 숲을 되찾자고!"

선더 소니아는 절망했다.

이해하고 만 것이다. 오크의 영웅이 시와나시 숲에 온 이유를.

그렇다, 이 오크는 시와나시 숲을 되찾으러 온 것이다.

이 남자는 엘프의 영웅인 자신을 쓰러뜨려 엘프에게 절망을 주고서 또다시 전쟁을 일으키려 하는 것이다.

지금 자신에게 배시를 물리칠 힘은 남지 않았다.

바라벤 장군과 간다구자도 함께 상대한다면 도망치는 것조차 불가능했다.

"바라벤 장군……인가?"

배시는 의아해하며 주위를 둘러봤다.

그곳으로 조금 전의 비행 물체가 다가갔다. 어렴풋이 빛나는 페어리였다.

그 녀석은 배시의 귓가로 이동하더니 무어라 귓속말을 했다.

배시는 그것을 듣고 흠흠 고개를 끄덕이더니 선더 소니아 쪽을 보고 씨익 웃었다.

선더 소니아에게는 그 웃음이 사형 선고로만 보였다.

"크…… 올 테면 와라…… 나, 나는 엘프의 대마도사 선더 소니아다. 끝까지 포기하지 않는다고!"

선더 소니아는 죽음을 각오하며 지팡이를 들었다.

떠오르는 것은 시와나시 숲의 악몽.

천이백 년의 긴 인생 가운데 가장 굴욕적이고, 그리고 가장 고전하고, 싸우는 중에 이길 수 없다며 깨닫고, 하지만 도망칠 수조차 없던 그 싸움.

다시 한번 그것을 하라고 그럴지라도 두 번은 사양이라고 생각했던, 그 싸움.

"음."

배시는 천천히 선더 소니아 쪽으로 걸어왔다.

선더 소니아는 알고 있었다.

지금은 느리지만 이 녀석은 눈에 보이지도 않는 속도로 움직인다.

견제로 움직이고, 공격하게 만들고, 그것을 종이 한 장 차이로 회피하고, 작은 틈을 파고들지 않는다면 만족스럽게 공격을 가할 수조차 없다.

자신이 할 수 있을까.

과거에는 할 수 있었다. 하지만 졌다. 느낌은 있었는데 먼저 쓰러진 것은 자신이었다.

이번에는 틀림없이 바라벤 장군이나 간다구자도 배시가 나서는 것과 동시에 움직이리라.

그것도 동시에 제압하면서 배시의 맹공을 견뎌내야만 한다.

할 수 있을까……?

할 수 있을 리가 없다.

하지만 해야만 한다. 그러지 않으면 또다시 전쟁이 시작되고 만다.

오크와 엘프의 전쟁. 휴먼이나 비스트는 또 동맹을 맺어줄까?

드워프는 무리다. 그 녀석들은 엘프를 싫어하니까. 아아, 하지만 휴먼은 욕심이 많다. 엘프가 약체화되면 틀림없이 엘프의 영토를 침범하려고 할 것이다.

패전국도 잠자코 보고 있으리라 여겨지지 않는다.

서큐버스나 페어리, 리자드맨은 확실하게 오크 쪽으로 붙을 것이다.

그렇게 된다면 또다시……

안 된다, 그런 일은!

자신이 어떻게든 해야만 한다. 엘프의 영웅 선더 소니아가.

그러지 않는다면 무엇을 위해서 살아남았는지 알 수 없다.

어떻게든, 어떻게든……

"허억…… 허억……."

선더 소니아의 심장이 터질 것만 같이 고동쳤다.

압박에 짓눌릴 것만 같은 상태에서도 거친 호흡으로 지팡이에 마력을 실었다.

배시가, 눈앞까지 왔다.

그는 대검을 들어 올리더니……

빙글 뒤로 돌아서 바라벤 장군을 향해 검을 들었다.

"이제부터 네게는 손가락 하나 건드리지 못하게 하겠다. 안심하고 거기서 지켜봐라."

"……뭐라고?"

선더 소니아는 지팡이를 든 채로 굳었다.

이 녀석, 지금, 뭐라고 그랬지?

"오오오오오오! 배시! 네놈, 엘프 편에 붙었느냐!"

"그그그그! 왜냐, 왜냐, 왜냐왜냐왜냐아아아!"

바라벤 장군과 간다구자가 외쳤다.

배신이었다. 설마 오크의 영웅이 증오스러운 엘프를 등 뒤에 지키며 동포를 향해 검을 뽑다니, 있을 수 없는 일일 터였다.

하지만 두 사람은 모른다.

이미 전쟁은 끝났다.

지금은 새로운 조약에 따라 오크는 살고 있다는 사실을.

"다른 종족에 대한 침공은 오크 킹의 이름 아래 엄히 금지되어 있다."

"네놈, 네놈, 네놈!"

바라벤 장군이 포효했다.

"네메시스 따위가 나 바라벤에게 반항하는 것이냐!"

"그그! 오크의 긍지는 어찌했나! 오크가 싸움을 버려서 어찌하려는가! 네놈 그러고도 오크인가아아아!"

바라벤의 포효. 간다구자의 외침.

그것을 들은 배시의 몸에 힘이 들어갔다.

"바라벤 장군. 당신은 존경하고 있다. 하지만 좀비는 오크가 아니지. 오크가 아닌 자가, 오크를 이야기하지 마라."

"그……오오오오오오오! 우오오오오아아아아아!"

바라벤 장군이 격노했다.

땅속 깊은 곳에서 울리는 것 같은 포효를 터뜨리고 배시에게 돌진했다.

　배시의 두 배는 될 거구로, 배시가 든 대검이 이쑤시개로 보일 정도의 망치를 들고, 배시에게 들이닥쳤다.

　"와라."

　오크의 영웅과 오크의 대장군, 그들의 싸움이 시작되었다.

8. 영웅 VS 대장군

바라벤 장군은 배시에게 추억이 깊은 인물이다.

태어났을 때는 구름 위의 존재였다.

현 오크 킹 네메시스의 소꿉친구이자 측근이기도 했던 그는 시와나시 숲의 씨족장으로서, 오크라면 누구라도 아는 전사로서 이름을 떨치고 있었다.

오크 중에서도 특히 큰 몸을 가지고 거대한 전투 망치를 휘두르는 광전사.

야만을 그 몸으로 표현하는 모습을 오크들은 모두가 동경했다.

배시도 예외가 아니었다.

배시가 바라벤 장군과 처음으로 만난 것은 전장에 나서기 시작하고 얼마 정도 지났을 무렵이었다.

몇 번인가 사선을 헤쳐 나와 배시는 남들 못지않은 전사로 꼽히게 되었지만, 당시에는 평범한 오크와 크게 차이가 없는 실력으로 몇 번이나 죽을 뻔했다.

그런 무렵, 배시가 소속된 부대는 바라벤 장군의 군에 배속되었다.

그 직후의 싸움은 격전이었다.

오크군이 승리했지만 배시의 부대에서도 사망자가 나왔다.

전투가 끝나고 모닥불 앞에서 식사를 하던 배시 앞에 바라벤 장군이 나타났다.

그리고 배시를 발견하자마자, 한마디.

"너인가! 너는 장래성이 있다고!"

쾌활하게 웃고는 배시의 등을 때리며 그렇게 말하고 떠났다.

배시는 여우에 홀린 것 같은 기분이었지만 그러면서도 동시에 기뻤다.

다름 아닌 바라벤 장군이 장래성이 있다고 말했다. 기쁘지 않을 리가 없었다.

두 번째로 만난 것은 배시가 오크 중에서 두각을 드러내기 시작했을 무렵이었다.

남들보다 훨씬 빼어난 전사. 그것이 당시 배시의 평가였다.

배시가 배속된 것은 바라벤 장군의 직속 호위였다.

호위라고 해도 특별한 역할을 하지는 않았다.

평소처럼 싸움에 참가해서 마구 날뛰는 바라벤 장군 근처에서 함께 날뛰는 것뿐이었다.

하지만 전투 직전, 바라벤 장군에게 이야기를 조금 들었다.

그것은 바라벤 장군에게는 전투 전에 자신을 북돋우기 위한 무용담이었다.

하지만 동시에 오크의 전투 역사 그 자체라고도 할 수 있는 것이었다.

바라벤 장군은 어릴 적부터 네메시스와 함께 싸웠다. 때로는 돕고 때로는 도움을 받으며 항상 파트너로서 오크의 긍지를 지켰다.

그런 역사였다.

그래서 배시는 생각했다.

자신도 그렇게 되었으면 좋겠다고.

마지막으로 만난 것은 시와나시 숲의 방어로 배치되었을 때였다.

바라벤 장군은 옛날처럼 쾌활하게 웃지는 않았다.

하지만 여전히 파워풀하고, 오크 최후의 요새로서 철저 항전을 주장했다.

서쪽으로 엘프, 동쪽으로 휴먼. 양대 세력 사이에 껴서 병력도 얼마 안 남은, 절체절명이라고도 할 수 있는 상황에서도 전의를 잃지는 않았다.

배시는 그때 바라벤 장군과 대화를 나누지 않았다.

그저 말없이 보낸 시선에 고개를 끄덕이고 전선으로 향했다.

그리고 엘프의 대마도사 선더 소니아와 맞닥뜨리고 끝내 무승부가 된다.

선더 소니아에게는 중상을 입혔지만 자신 역시도 만신창이가 되어, 몽롱한 의식 가운데서 숲속을 며칠 동안 도망쳐다니는 꼴이 되었다.

도망친 동굴로 젤이 와주지 않았다면 죽었을지도 모른다.

그리고 어떻게든 본진으로 돌아왔을 때에는, 전투는 끝난 뒤였다.

달이 없는 밤, 엘프군이 어둠속에서 기습을 가했다고 한다.

본래라면, 전력 차이를 생각하면 일방적인 전투가 되지는 않았을 터였다.

하지만 엘프군은 철저하게 오크군의 시야를 빼앗았다.

광원을 망가뜨리고, 어둠 마법을 사용하고, 어둠에 섞여드는 검은 옷을 입고, 환시의 마법으로 모습을 가렸다.

본래라면 바라벤 장군이 그런 방법만으로 당할 리도 없었다.

아무리 오크라도 몇천 년을 계속 싸웠던 것이다. 각종 마법과 그 마법을 이용한 기습 공격에 대비할 방법은 마련되어 있었다. 치명적인 공격을 당할 리는 없었던 것이다.

패인은…… 배시도 나중에 들은 이야기인데, 바라벤 장군이 오크 메이지를 차별했던 것이 원인이었다.

오크 메이지인 부관 간다구자는 엘프가 야습을 가한다는 정보를 미리 입수했다.

그리고서 반격을 가하고자 오크 전체를 어둠과 대지에 섞여들도록 만들어야 한다고 제안했다.

하지만 바라벤 장군은 그것을 받아들이지 않았다.

초라한 오크 메이지가 제안하는 교활한 책략 따위, 전사인 오크가 선택할 것이 아니라고 퇴짜를 놓은 것이었다.

외고집이었다.

반대로 군이 환하게 빛을 밝히고서 요격했을 정도로.

이리하여 바라벤 장군과 그의 부관 간다구자는 당했다.

금세 네메시스가 이끄는 본대가 시와나시 숲으로 달려왔기에 영토를 뺏기지는 않았지만, 오크 최고의 장군인 바라벤을 잃은 오크가 항복 권고에 응한 것은 그로부터 얼마 지나지 않아서였다.

배시로서는 딱히 엘프에게 원한은 없었다. 후회도 없었다. 자신은 오크의 영웅으로서 해야 할 일을 했다. 강적을 전투 불능으로 만들고 자신 역시도 살아서 돌아왔다.

그러고서 전투에 졌다면, 그저 그런 것이었다.

그렇다고는 해도 물론 바라벤 장군의 마지막 전투에 자신이 참가할 수 있었다면······.

혹은 바라벤 장군과 부관 간다구자가 조금 더 사이가 좋았다면.

어쩔 수 없이 그런 생각이 드는 순간도 있었다.

그런 배시의 눈앞에 나타난 것이다.

바라벤 장군이, 부관 간다구자와. 결코 오크 메이지 따위와 함께 싸우지 않겠다고 공언하던 그가.

그리고 배시에게 말하는 것이었다.

"자, 예전처럼 함께 싸우자! 증오스러운 엘프를 멸하고 우리가 숲을 되찾자고!"

기쁘지 않았다면 거짓말이다.

그날, 그때 생각했던 일이 한꺼번에 찾아온 것이었다.

아아, 틀림없이 이번에는 이길 수 있을 것이다. 이번에야말로 빛나는 승리를 손에 넣을 수 있을 터다. 그런 생각을 지울 수가 없었다.

하지만 배시는 오크다.

오크는 전사다. 전사란 깨끗한 존재다.

때로는 패배를 인정하는 것 또한 전사다.

또한 오크에게는 이런 옛말이 있다. 이럴 때, 망설이지 말라는 의미가 담긴 말.

무척 단순한 말.

『좀비는 오크가 아니다.』

패배를 인정하지 못하고 땅속에서 기어 나와 산 자를 덮치는 자.

그것은 오크가 아닌 것이다.

오크는 패배했다.

전쟁에 져서 화친을 맺고, 전쟁 중에 그리던 것과는 또 다른 미래를 향해서 걷기 시작했다. 그 걸음은 다른 종족과 비교하면 느릿느릿했다. 하지만 그럼에도 배시는 오크 킹 네메시스의 결정에 따르는 것이었다.

그것이 오크의 영웅인 배시의 의무다.

다시 말해 오크가 아닌 좀비 무리와 오크와 어떻게든 우호를 맺으려고 하는 엘프가 싸운다면. 아군이 되는 것은 당연히 후자다.

그들이 싸우는 이유 따위는 아무래도 상관없다.

그런 상황에서 노리던 여자 엘프가 위기에 빠졌다면 이제 망설임 따위는 없었다.

("당신, 지금이 기회예요! 아까 브리즈한테 안기던 엘프, 봤죠! 이 상황에서 의지할 수 있는 남자, 멋진 남자를 연출할 수 있다면 한 방에 끝이에요!")

젤도 그렇게 말했으니까!

◆

선더 소니아는 혼란스러웠다.

어째서 배시가 자신을 감싸듯이 서 있는가.

하물며 아군일 터인 바라벤 장군에게 검을 향하는가.

자신의 생각이 잘못되었나, 아니면 자기들끼리 분열을 일으키기라도 했나.

그래, 예를 들어 배시가 일반적인 오크와 마찬가지로 엘프 여자에게 눈이 멀어서 들고 가려고 할 뿐이라든지.

아니 설마, 그렇다면 어째서 시와나시 숲의 악몽에서는 그러지 않았나.

어? 설마 정말로 할머니 냄새?

그렇다면 선더 소니아는 현실에서 눈을 피하고 싶었다.

"나는 전 오크 왕국 부더스 중대 소속 전사. 오크의 영웅 배시다!"

하지만 딱 하나 확실한 것이 있었다.

아무래도 오크의 영웅은 바라벤 장군과 싸우려는 것 같았다.

"나는! 오크 왕국 제2사단장이자 시와나시 숲의 씨족장! 오크 장군 바라벤이다!"

"마찬가지, 오크 왕국 제2사단 부사단장, 대전사장 간다구자!"

전시 중, 싫을 정도로 들은, 오크가 결투를 벌일 때의 자기소개.

서로 이름을 댄다면, 다시 말해 그것이 싸움의 신호였다.

그 후로는 쓰러질 때까지 오크는 싸움을 멈추지 않는다.

상대는 바라벤 장군. 엘프도 이 장군이 오크 나라에서 얼마나 중요하고, 그리고 위대한 인물이었는지는 안다.

일찍이 신병이 오크에 대해서 가장 처음 배우는 것이 오크 킹 네메시스와 오크 제너럴 바라벤의 이름이었으니까.

수많은 전투를 승리로 이끌고 마지막까지 용감하게 싸운 맹자.

오크라는 종족에서 오크 킹과 어깨를 나란히 하는 힘을 지녔다고 일컬어지던 남자.

그에 더해서 오크 최고의 메이지인 간다구자가 뒤에 서 있다.

이 싸움에서 가장 위험한 남자다. 간다구자를 쓰러뜨리지 않는 다면 바라벤은 몇 번이고 되살아난다.

하지만 바라벤 장군의 맹공을 빠져나가서, 계속 일정한 거리를 유지하고 있는 간다구자를 치는 것은 지극히 어려운 일이다.

하지만, 선더 소니아는 생각했다.

배시의 등을 보고 생각했다.

어찌나…… 이 어찌나 안심이 되는, 든든한 등일까.

"그라아아아아아아오오!"

"그라아아아아아아아!"

워 크라이가 울려 퍼졌다.

겁 많은 동물이라면 그대로 죽음에 이르고 말 것 같은 포효가 숲에 울려 퍼졌다.

첫 움직임은 바라벤 장군 쪽이 그야말로 한순간 빨랐다.

폭력의 덩어리, 어떤 물체라도 파괴할 수 있지 않을까 싶을 정도의 질량을 가진 전투 망치를 배시에게 휘둘렀다.

하지만 배시는 오크라고는 여겨지지 않을 정도의 속도로 움직였다.

회피를 하려는 것이 아니었다. 한 걸음 내딛고, 상체를 피하며 비틀고, 대검을 전투 망치에 맞댔다.

카아앙.

들은 적이 없을 만큼 거슬리는 금속음이 숲에 울려 퍼졌다.

이잉, 이잉 메아리가 남았다.

배시의 대검은 바라벤 장군의 전투 망치를 멋들어지게 튕겨냈다.

바라벤 장군은 전투 망치를 놓치지는 않았지만 그 질량에 이끌려서 크게 발을 헛디뎠다.

배시 역시도 그 반동으로 자세가…….

"우우, 오오오오!"

무너지지 않았다.

대체 어떻게 단련하면 그럴 수 있을까.

배시는 전투 망치를 튕겨내고 발을 헛디딘 바라벤 장군을 향해서 한 걸음 더 내디뎠다.

인지를 초월한 속도로 펼친 대검은 그 장군의 가슴을 갈랐다.

상처는 깊어서 한눈에도 심장까지 다다랐음을 알 수 있었다.

그저 멋지다고 표현할 수밖에 없었다. 완벽한 일격.

치명상이었다.

……산 자가 상대라면.

"오오오오오오오!"

바라벤 장군은 가슴의 상처 따위는 없다는 것처럼 전투 망치를 휘둘렀다.

폭풍 같은 맹공.

하지만 배시는 물러나지도 않았다. 때로 피하고, 때로 맞받아치고, 때로 흘려 넘기고, 틈이 생기면 일격을 가했다. 거칠게 보이지만 결코 조잡하지 않은 방어 기술.

그리고 낭비 없이 확실한 참격이 바라벤 장군을 깎아냈다.

하지만 바라벤 장군은 멈추지 않았다.

심장이 둘로 잘리고 동맥이 절단되어도 계속해서 움직였다.

왜냐면 좀비니까.

좀비는 최소한 목이라도 날리지 않으면 활동을 멈추지 않는다.

개체에 따라서는 그대로 목 없이 움직이는 경우도 있지만, 활동이 불가능한 수준으로 육체가 파괴된다면 언젠가 정지한다.

하지만 지금은 아니었다.

리치가 있는 한, 어떤 상처라도 재생되어 무한히 계속 활동할 수 있다.

배시는 바라벤 장군을 압도하고 있었다.

바라벤 장군이 살아있었다면 이미 쓰러져도 이상하지 않을 정도로.

그러나…….

"그그그그그…… 『어스 바인드』."

"음!"

그 목소리와 함께 배시의 몸이 주먹 하나만큼 가라앉았다.

복사뼈가 지면에 파묻혀 있었다.

"오오오오오!"

한순간 배시의 행동이 늦었다.

배시는 대검을 방패로 삼아 가드했지만 옆으로 크게 날아가서, 두 바퀴 회전하고 나무에 격돌했다.

물론 그 정도로 어떻게 될 배시가 아니었다.

곧바로 일어나더니 아무 일도 없었던 것처럼 바라벤 장군에게 달려갔다.

그러나 대미지가 없는 것은 아닐 터.

선더 소니아는 과거의 싸움에서 배시의 움직임을 보았다.

아무리 마법을 맞아도 불사신처럼 들이닥쳤지만, 마지막에는 분명히 움직임이 둔해졌다.

괴물 같은 체력과 내구력을 가졌지만 무한하지는 않은 것이다.

"그그…… 어리석은…… 어리석은 남자, 영웅 배시……."

그렇다, 게다가 상대는 바라벤 장군만이 아니었다.

부관 간다구자도 후방에서 철저하게 서포트했다.

아무리 바라벤 장군을 압도할 수 있을지라도 이 부관을 쓰러뜨리지 않는다면 승산은 전무했다.

오크의 영웅 배시가 싸워준다면 든든하다.

이 오크가 얼마나 강한지는 자신이 잘 안다.

하지만 오크 전사는 대체로 마법 지식이 희박하다.

배시는 리치를 쓰러뜨려야만 전투가 끝난다는 사실을 알고 있을까……

"으으으~~~~!"

선더 소니아는 한순간 망설였다.

하지만 결단은 빨랐다.

"……배시, 도, 돕겠다! 이, 이건 우리 엘프의 문제고, 2대2니까 비겁하지 않아! 그렇지!"

배시는 눈만으로 선더 소니아를 보고 금세 시선을 앞으로 돌렸다.

"도움, 받아들이지."

"조, 좋아. 나랑 네가 함께하면 무적이야!"

배시의 입가가 일그러졌다.

훗, 웃은 것이었다.

그를 따라서 선더 소니아도 웃었다. 쓴웃음이지만.

"그라아아아아아아아오오!!"

배시의 워 크라이가 울려 퍼졌다. 두 번째 워 크라이.

선더 소니아는 그것을 듣고 생각했다.

'시끄럽다고, 고막이 터지겠어. 애당초 이상하잖아, 보통 오크는 두 번이나 워 크라이를 내지르진 않잖아. 뭐냐고!'

그런 생각을 하면서도 묵묵히 지팡이를 들었다.

조금 전보다는 여유가 있었다.

"알겠나, 바라벤 장군은 간다구자를 쓰러뜨리지 않으면 부활해. 그러니 내가 바라벤 장군의 주의를 끌 테니까 그동안에 네가 뒤에 있는 간다구자를 치는 거야."

"......."

빠른 말투로 그렇게 제안했지만 배시는 수긍하지 않았다.

돌진한 바라벤 장군의 전투 망치를 회피하고 카운터 일격을 가했다.

당연히 그 공격은 생물이라면 치명타가 될 것이었지만 바라벤 장군은 개의치 않았다.

"이봐, 듣고 있어?! 헛수고라니까!"

"바라벤 장군은 훌륭한 전사였다. 죽은 자라고는 해도 서로 이름을 대고 포효를 지른 것이다! 적어도 전사로서 납득이 가는 싸움을!"

"그래……."

그런 바보 같은 소리를 할 상황인가.

선더 소니아는 그렇게 말할 뻔했지만 입을 다물었다.

오크에게 싸움이란 인생 그 자체다. 싸움에서 이긴 숫자와 범한 여자의 숫자가 유일한 자랑인 것이다. 후자는 이해할 수 없는 이야기지만, 오크에게 만족이 가는 싸움을 경험하고서 죽는 것은 명예로운 일이라고 한다.

바라벤 장군이라는 위대한 인물에게 그 명예를 주어 명복을 빌려는 것이리라.

선더 소니아는 그 마음을 알 수 있었다.

그녀도 엘프의 영웅이다.

혹시 죽은 엘프가 만족스럽게 성불하지 못하고 좀비가 되었다면, 그것도 엘프의 나라에 막대한 이익을 가져다준 인물이었다면. 엘프다운 명예를 준 다음에 하늘로 돌려보내기를 바랐을 터.

"알았다. 그러면 간다구자의 마법은 내가 막도록 하지……."

"은혜를 입었군."

"은혜 같은 생각은 안 해도 돼! 내 마력은 얼마 안 남았다고! 냉큼 쓰러뜨려!"

"알았다!"

배시가 바라벤 장군에게 달려갔다.

대검을 마른 나뭇가지처럼 휘둘러서 바라벤 장군의 전투 망치를 떨어뜨리고 일격을 가했다.

선더 소니아는 그것을 보고 생각했다.

아름다운 기술이라고. 물론 그래봐야 오크의 기술이다. 빈말로도 유려하다고는 할 수 없었다.

하지만 자신이 싸웠을 때는 공포와 전율밖에 느껴지지 않던 그 모습이, 아군이 되어서 보자 아름답게 느껴졌다.

검은 항상 최적의 방향으로 휘두르고, 칼끝은 항상 최단거리로 나아간다.

본래라면 원심력을 생각해서 방향을 돌릴 필요가 있는 장면에서도 완력을 활용하여 억지로 방향을 되돌렸다.

당연히 빠를 것이다.

오른쪽으로 휘두른 검이 시간차도 없이 왼쪽으로 돌아갔으니까.

게다가 빠른 것만이 아니었다.

그의 일격일격이 바라벤 장군의 전투 망치를 받아칠 정도로 무겁고 정확했다.

저만한 질량과 공격력을 가진 물체가 상대의 틈을 일절 놓치지 않고 정확하게 급소로 날아든다.

보는 것만으로 오싹했다.

저런 것과 싸워야만 한다면 누구라도 사양할 것이다.

"이런, 그렇게 두진 않아!"

선더 소니아는 지팡이를 빙글 돌려 배시 쪽으로 향했다.

땅속에서 배시에게 다가가던 대지의 마력이 한순간에 흩어졌다.

"그, 그그…… 어리석은, 어리석은 선더 소니아……."

"너, 어리석다는 말을 하고 싶을 뿐이잖아. 그렇지? 어리석은 간다구자?"

"그그그그……!"

간다구자의 마법을 저지한다.

그것뿐이라면 마법에 뛰어난 선더 소니아에게 그다지 어려운 일이 아니었다.

간다구자는 오크 최고의 마법사일지도 모른다.

하지만 선더 소니아는 엘프의 대마도사. 마법사로서의 적성이 높은 엘프의 최고봉인 것이다.

아무리 리치라 되어서 마법 적성이 올라갔다고는 해도 바탕은 오크.

마법으로 전투를 벌인다면 간다구자에게 승산 따위는 없었다.

솔직히 말해버리면 선더 소니아는 이미 이 단계에서 리치가 된 간다구자를 쓰러뜨리는 것은 가능했다.

한 방에 이길 수는 없더라도, 마법만으로 공격한다면 다섯 수로 몰아붙이고 여섯 수로 끝을 낼 수 있을 것이다.

천이백 년. 마법사로서 마법을 계속 갈고닦으며 수많은 전장에서 경험을 쌓은 결과였다.

하지만 선더 소니아는 그렇게 하지 않았다.

"뭐, 그게…… 너도 오크라면 잠자코 지켜봐. 바라벤 장군의 마지막 대결이야."

"어리석은! 어리석은! 대결이라니 가소롭기 짝이 없다! 그런 것을 존중하기보다 승리를! 증오스러운 엘프를 멸하고 우리에게 승리를!"

"그러니까 너, 바라벤 장군한테 냉대를 당한 거야……."

그녀는 배시의 싸움을 지켜보기로 했다.

왜냐고 그러면 선더 소니아도 알 수 없었다.

좀비 따위는 냉큼 쓰러뜨려 버리는 편이 당연히 낫다.

지금도 엘프군이 좀비와 싸우고 있으니까. 희생자가 나오고 있으니까.

그러나 선더 소니아는 왠지 모르겠지만 지금은 손을 대서는 안 된다고, 그렇게 생각한 것이었다.

그렇지만 그런 걱정을 할 일은 없어 보였다.

배시는 바라벤 장군을 압도하고 있었다.

바라벤 장군도 결코 뒤처지는 것은 아니었다. 기량이 낮은 것도 아니었다.

원심력을 충분히 이용해서 전투 망치를 휘두르며, 하지만 확실하게 배시의 급소를 노렸다. 평범한 사람이라면 저 전투 망치를 휘두르기만 해도 다가갈 수조차 없을 것이다.

배시는 원심력이 잔뜩 실린 전투 망치를 튕겨내고 되돌아오는 칼로 일격을 가했다.

급소인 목이 날아가지 않은 것은 바라벤 장군이 종이 한 장 차이로 회피했으니까.

하지만 그것도 시간문제일 것이다.

보고 있던 것은 불과 수십 합이었다.

시간으로 따지자면 일 분 정도.

간다구자가 쓸데없는 마법을 쓰고 선더 소니아가 저지하기를 다섯 번 정도.

그런 짧은 시간에 배시와 바라벤 장군은 밀도 높은 대결을 펼쳤다.

이변은 소리와 함께 벌어졌다.

쩌정, 가볍고 경쾌한 소리였다.

그 소리와 동시에 바라벤 장군의 전투 망치 머리 부분이 허공으로 날아갔다.

빙글빙글 경쾌한 포물선을 그린 망치 머리는, 땅바닥에 부딪히는 것과 동시에 흙을 흩뿌리며 좀비 세 마리와 함께 숲으로 사라졌다.

모두가 그것을 눈으로 좇았다.

선더 소니아는 물론이고 간다구자마저도.

시선을 되돌렸을 때에는 이미 결판이 났다.

자루가 부러진 전투 망치를 움켜쥔 목 없는 좀비 거구가 천천히 쓰러지는 참이었다.

쿠웅, 큰 소리를 내며 거구가 쓰러졌다.

그리고 조금 늦게 무언가가 쿵 떨어졌다.

그것은 좀비 하나의 목이었다.

멋진 두 엄니를 가진, 멋진 오크의 목이었다.

목은 지면에 떨어지더니 그대로 데굴데굴, 간다구자의 발밑으로 굴러갔다.

"……그그…… 장군……."

선더 소니아는 지팡이를 붙잡고 마력을 실었다.

간다구자가 바라벤 장군을 다시 일으키려고 한다면 저지해야만 한다.

적어도 영창은 방해하고 중단시켜야만 같은 일이 반복되지 않는다.

하지만 간다구자는 그러지 않았다.

몇 초 정도 바라벤 장군의 목을 보고 있었지만, 지팡이에 매달리는 것 같은 자세 그대로 고개를 들고 배시를 바라보는 것이었다.

바라벤 장군이 아니라 배시 쪽을.

쉰 목소리로, 오크답지 않은 얼굴을.

"배시…… 어리석은 배시…… 오크를, 부탁한다…….''

"알겠다.''

간다구자는 자신의 몸이 세로로 양단되기 직전, 분명히 웃었다.

9. 프러포즈

이리하여 시와나시 숲의 좀비는 일소되었다.

한동안 산발적인 좀비 출현은 있을 테지만 이번 같은 대량 발생은 없다고 봐도 될 것이다.

엘프군 사망자는 생각한 것만큼 많지 않았다.

각자가 정예라서 끈기 있게 싸우기도 했지만, 배시가 좀비를 격파하며 이동하고 젤이 그 도중에 엘프를 회복시킨 것도 컸다.

좀비에게 치명상을 당하여 피거품을 문 참에 오크가 나타나서 목숨을 구했다.

듣자하니 그 오크는 리치가 있는 곳까지 좀비 무리를 돌파, 선더 소니아 님을 구했다고 한다.

엘프군 안에서는 그런 소문이 그럴듯하게 흘렀다.

그중에는 "아니아니, 선더 소니아 님께서 리치 따위에게 고전할 리가 없지—"라는 목소리도 있었지만 다름 아닌 선더 소니아가 긍정했기에 진실로서 엘프군 내부로 침투했다.

"이건 오크의 영웅에게 감사해야만 하겠군요. 어떻게 할까요. 오크 나라에 감사장이라도 쓸까요."

"으—음……."

토리카부토의 그 말에 선더 소니아는 팔짱을 끼고 신음했다.

감사하고는 있다.

지금 눈앞에서 멀쩡하게 있는 토리카부토 역시도 배시와 젤이 구한 사람 중 하나였다.

즉사했다고 생각한 토리카부토, 전투가 끝나고 적어도 장례를 치러주자고 다가갔더니 하얗게 빛나는 가루를 머리 위에 수북하게 얹은 상태에서 벌떡 일어선 것이었다.

도와주었을 터인 페어리가 "으아, 더러워"라는 표정을 지은 것이 인상적이었다.

"으으~음······."

소중한 조카 같은 존재를 구해주었다.

그뿐만 아니라 선더 소니아 본인조차 구한 것이나 마찬가지였다.

그러니까 감사하고는 있다.

하고는 있지만······.

"애당초 녀석은 어째서 이 마을에 온 거야?"

"어째서, 말입니까?"

"음."

진지한 표정으로 고개를 끄덕이자 토리카부토는 "하아— 이것 참, 이러니까 이해력 부족한 노인은" 하는 표정을 지었다.

"그 표정은 뭐야, 그런 표정 짓지 말라고, 엄청 바보 취급하는 거잖아."

"아니, 정말로 모르시는 겁니까?"

"너는 안다는 거야?"

"물론이다마다요."

선더 소니아는 입술을 삐죽이고는 말해보라는 듯 턱을 척 들어 올렸다.

"시와나시 숲에 오크 좀비가 대량으로 발생한 걸 막으러 온 겁니다."

"그냥 그대로잖아."

"그러니까 일찍이 자신의 동포였던 자가 다른 나라에 폐를 끼치고 있다. 오크로서 그것을 간과할 수는 없다, 오크의 긍지를 걸고……."

"호오."

"이치는 맞지 않습니까? 첫날에 정보를 수집하고 다음 날부터 좀비 퇴치. 바라벤 장군이 좀비가 되었다는 사실을 알아차리자마자 대량의 좀비가 있을지라도 개의치 않고 돌파하여 수급을 취했다. 저도 몽롱한 의식으로 보았습니다만, 마지막에 바라벤 장군에게 명예로운 싸움을 도전하고 오크의 긍지는 건재하다는 것을 알려주는 등등, 그야말로 영웅이라고 부르기에 걸맞은 활약이었지 않습니까!"

"뭐, 그러네."

선더 소니아는 고개를 끄덕였다.

확실히 이치에는 맞는다.

자신도 그 싸움 와중에는 그렇다고 생각했다.

이 녀석은 이것을 위해 이곳에 왔다고, 좀비로 전락한 과거의 동포를 원한과 증오에서 구하기 위해 왔다고, 그렇게 생각했다.

하지만 의문이 남는 것이었다.

무언가 답답한 것이.

예를 들면 혹시 자신이 오크 킹의 입장이었다면 애당초 배시를 홀로 내보냈을까.

호위 하나라도…… 아니, 일단 요정이 딱 하나 붙어 있기는 했지만.

하지만 호위로 일개 부대 정도는 동행시키지 않을까.

혹시 자신이 돌아다닌다면…… 아니, 따라오는 것은 항상 토리카부토 하나인가. 음.

그렇다면 무엇이 걸리는 것인가. 선더 소니아는 고개를 갸웃거렸다.

"실제로 휴먼의 나라에서도 비슷한 느낌으로 산적을 퇴치했다고 그러니까요."

"그건 뭐야, 들은 적 없는데."

"저도 풍문으로 들은 정도입니다만."

"빨리 말하라고. 그런 건…… 하지만, 뭔가 걸린단 말이지……아."

그때 선더 소니아는 떠올렸다.

배시가 온 날. 밤에 만났을 때의 일이다.

"그럼 어째서 나한테 『또 만나러 오겠다』 같은 소리를 했지? 이상하잖아. 내가 바라벤 장군과 싸우다니, 그 시점에선 알 수 없었을 텐데?"

"그건……."

"『홋, 언젠가 알게 되겠지』라고도 그랬다고? 홋이라고, 홋! 전혀 알 수가 없잖아. 언젠가는 언제냐고! 아니면 그 상황은 그 녀석이 의도적으로 만들어냈다, 그런 소리야? 그럴 리가 없잖아. 그 녀석한테는 마력이 느껴지지 않으니까. 리치를 조종하거나 만들어낸다니, 가능할 리가 없어."

"으—음……."

토리카부토도 고개를 갸웃거리기 시작했다.

확실히 그날 배시의 언동은 이상했다.

무언가 꾸미는 것 같은 기척을 풀풀 풍겼다.

그러나 바라벤 장군에 대한 배려를 보기에는, 이번 일을 뒤에서 움직였다든지 그런 느낌은 아니었다.

오히려 영웅에 걸맞은 행동이었다고 기억했다.

"선더 소니아 님."

그때 누군가 문을 두드렸다.

"뭐야?"

"그게, 손님? 이 오셨습니다."

"누구냐. 킨 도령인가? 그러면 오늘은 쉰다고 말해줘. 어제 그만큼 일을 했잖아. 아무리 나라도 힘들어. 뒤처리 정도는 그쪽에서 해……."

"아뇨, 그게, 오크라서."

선더 소니아와 토리카부토는 얼굴을 마주봤다.

◆

선더 소니아가 사는 거목은 요인이 사는 곳이다.

그래서 뿌리에는 로비가 있고 접수처와 경비병이 있었다.

지금은 경비병들이 멀찍이서 한 인물을 경계하는 참이었다.

인파도 생긴 상태지만 그들 역시도 무척 멀찍이 서 있었다.

다만 경비든 인파든, 살짝 호의적인 느낌이기는 했다.

둘러싸인 것은 한 남자.

녹색 피부에 억센 얼굴. 밀도 높은 근육은 어째선지 갑갑해 보이는 엘프 옷으로 억눌려 있었다.

그렇다, 엘프의 옷이었다.

엘프 남자가 공식적인 자리에 나설 때에 입을 법한, 진녹색을 바탕으로 해서 검은색 라인이 들어간 옷이었다.

길이가 짧고 팽팽하지만 정장이라고 할 수는 있을 것이다.

대검은 두고 왔는지 보이지 않았다.

그리고 오크의 얼굴 옆쪽에는 팔짱을 끼고, 다리를 어깨너비로 벌리고서 거만하게 떠 있는 페어리 하나의 모습.

배시와 젤이었다.

'정장이라고……? 뭘 노리는 거지?'

선더 소니아는 의아하다는 시선을 보내며 배시 앞으로 걸어 나왔다.

주위에서 술렁거리기 시작했다.

'오크와 정한 조약의 완화인가……? 말도 안 돼, 이 타이밍에 그렇게 나온다면 정말로 앞선 일들을 고의로 꾸몄다는 거잖아. 오크한테 그런 지혜가 있겠나. 하지만 그렇다고 쳐도 이번 일, 이 녀석의 역할을 고려해서 대답해야 한다고…… 젠장.'

선더 소니아는 허리에 손을 대고서 배시를 올려다봤다.

억센 얼굴이지만 어렴풋이 긴장도 엿보였다.

"그래서, 무슨 용건이지? 그보다도, 여기서 해도 되겠나?"

"그래, 여기라도 상관없다."

"그럼 냉큼 용건을 말해. 나도 한가하지 않아."

"음……."

선더 소니아는 그때 처음으로 배시를 찬찬히 봤다.

잘 생각해 보면 시와나시 숲의 악몽 이후로 이 남자를 제대로 본 적이 없었다.

오크의 영웅 배시.

적어도 이곳 시와나시 숲에 온 뒤로 이 녀석이 문제를 일으킨 적은 없었다.

시와나시 숲에는 여자 엘프도 다수 있지만 습격을 당했다는 보고도 듣지 못했다.

그러기는커녕 엘프에게 이익이 되는 행동만 한 것 같다고 생각했다.

그 전투에서도 훌륭했다. 그야말로 영웅이라 불러야 할 수준으로.

아니, 그렇다. 영웅인 것이다, 이 남자는.

그렇게 불리는 것이다.

나, 엘프의 대마도사 선더 소니아와 마찬가지로.

다시 말해 그 역시도 오크의 미래, 오크의 장래, 오크의 긍지를 생각하고서 행동하는 것은 아닐까.

그렇다면 엘프와 오크의 조약 완화를 노리는 것도 당연한가.

다수의 조약에 묶여 있어서는, 오크는 부흥에서 다른 나라에게 크게 뒤처질 수 있다.

"엘프의 대마도사 선더 소니아."

"음."

배시가 품속에서 무언가를 꺼냈다.

반짝 빛나는 금속의 빛. 한순간 경비병이 경계했지만 선더 소니아는 움직이지 않았다.

이 남자가 품에 들어갈 법한 작은 무기를 사용하겠는가. 단검이나 단도를 사용할 바에는 자기 주먹으로 때리는 편이 강할 것이다.

"이걸."

꺼낸 것은 목걸이였다.

그것도 어쩐지 번쩍번쩍 비싸 보이는 녀석이었다.

마치 엘프 남성이 결혼을 청할 때에, 여성에게 주는 것같이.

"응? 그건 뭐야──."

"처음 봤을 때부터 네게 빠져 있었다. 부디 나와 결혼해서, 아이를 낳아다오."

한순간이었다.

한순간에 주위가 조용해졌다.

선더 소니아 역시도 자신이 무슨 소리를 들었는지 이해할 수 없었다.

'뭐라고? 결혼이랬나? 어째서 이 녀석, 나한테 목걸이를 주려는 거지?'

그런 머리의 공전과 혼란을 거쳐, 간신히 선더 소니아는 이해했다.

'허! 혹시 이 녀석, 나한테 결혼을 청하는 거냐?!'

기어가 맞물린 머리는 더더욱 회전하기 시작했다.

'어째서 결혼이지? 진정해, 생각해, 무언가 의미가 있을 텐데, 생각해라…… 그래, 그거야, 이 녀석은 또 만나러 오겠다고 했어. 그래, 이게 목적이야. 나한테 결혼을 청하는 게……! 말도 안 돼! 어째서냐?! 어째서 나한테 결혼을?! 정말로 처음 봤을 때부터? 어, 어? 진짜? 아니, 속아선 안 돼! 이 녀석은 나를 방치했다고! 그날, 쓰러뜨렸으면서도!'

선더 소니아는 덤벙거리는 편이지만 결코 머리가 나쁘지는 않았다.

엘프의 대마도사로서 항상 엘프를 생각하던 그녀는 사안을 미리 읽는 능력이 있었다.

이전에 딱 한 번 만난 오크.

자신을 좋아하게 될 요소라고는 전혀 없었다.

혹시 정말로 한눈에 반했다면 시와나시 숲의 악몽 당일, 소니아는 배시에게 끌려가서 한 입 거리, 혹은 아이 어머니가 되었을 것이다.

그러니까 이것은 거짓말이다.

그럼 진실은 뭐지?

그러고 보니 이 녀석은 정보를 모았다고 들었다.

특히 결혼 활동과 관련된 엘프들에게…….

그렇다면 혹시나 자신의 현재 상황을 들었을지도 모른다.

결혼을 서두르느라 휴먼을 잡으려다가 잔뜩 실패했다는, 부끄

러운 현재의 상황을 알게 되어버렸을지도 모른다.

'혹시 간단히 손에 넣을 수 있는 여자로 보였나?'

그런 생각에까지 다다른 선더 소니아는 머리에 피가 확 쏠렸다.

"거절한다! 누가 네 아이 같은 걸 낳겠느냐!"

그렇게 거절하는 것과 동시에 주위에서 "오오!"라며 다시 술렁대기 시작했다.

잠시 후, 소곤소곤 서로 속삭이는 소리도 들렸다.

'뭐냐, 무슨 소문이 도는 거냐, 그만해…….'

선더 소니아는 조마조마한 심정으로 배시를 노려봤다.

적어도 간단히 손에 넣을 수 있는 여자가 아니라는 점을 보여주겠다며 눈에 가득 힘을 싣고서.

배시는 현재 무뚝뚝한 표정이었다.

"그런가. 아쉽군."

그리고 번쩍번쩍 목걸이를 품에 다시 넣더니 우향우, 터벅터벅 돌아갔다.

시원스럽게.

너무나도 시원스러워서 선더 소니아는 도리어 붙잡을까 생각했을 정도였다.

어쩐지 어깨를 떨어뜨리고서 무척 낙담한 것처럼 보였다.

"대체 뭐야……?"

툭 하니 중얼거린 말.

선더 소니아가 진의를 알게 되는 일은, 없었다.

배시는 터덜터덜 여관을 향해 걷고 있었다.

"이것 참——…… 내 예상으로는 완벽한 타이밍이었는데 말이죠. 절체절명의 위기에서 도움을 받고 가슴이 두근거릴 타이밍에 딱 맞는 남자가 나타나서 결혼을 청한다……. 엘프가 발행하는 잡지에는 이런 상황에서 고백받고 싶은 랭킹 3위였다고요?"

"선더 소니아는『엘프의 대마도사』다. 입장도 있겠지."

배시는 전투를 거치며 선더 소니아를 떠올렸다.

시와나시 숲에서 바라벤 장군이 죽었을 때, 배시에게 중상을 입힌 엘프 마법사가 있었다.

다만 그때는 얼굴을 보지 않았고 이름도 몰랐다.

그 전투에서 선더 소니아는 가면을 쓰고 있었다.

배시는 모르는 일이지만 마력을 증폭시키고 지각을 예민하게 만드는 가면이었다.

그밖에도 선더 소니아는 오크의 영웅 배시를 제압하기 위해서, 엘프에게 전해지는 보구라고도 해야 할 장비로 단단히 무장한 상태였다.

조금 더 말하자면 서로가 이름을 대지도 않았다.

배시는『엘프의 대마도사』라는 존재는 알고 있었지만 선더 소니아라는 이름은 몰랐다.

그렇기에 이름을 안 것도, 얼굴은 본 것도 처음이었다.

한눈에 반했다는 것도 거짓말이 아니었다.

그 전투는 배시에게도 인상적이었다. 전쟁에서 배시는 몇 번이나 죽을 뻔했다. 하지만 종전이 가까워지며 그 빈도는 줄어들었다.

종전 직전, 그만한 중상을 당한 것은 배시로서도 오랜만이었다.

마지막에는 몽롱한 의식 탓에 전투가 어떻게 끝났는지도, 그 후에 엘프의 군대에게 포위당한 자신이 어떻게 도망쳤는지도 기억나지 않았다.

기억하는 것은 곰의 동굴로 피신하고 젤에게 도움을 받았다는 것뿐이었다.

『엘프의 대마도사』.

그 정보는 배시도 이전부터 들은 바였다.

태곳적부터 존재하는 하이 엘프, 나이는 천이백 살.

풍뢰(風雷)와 정조를 관장하는 신에게 힘을 받은 무녀이자 처녀를 잃으면 그 마력을 잃는다고 일컬어지는, 엘프의 수호신이다.

처녀가 힘의 원천이니까 결혼을 할 리도 없다.

그렇기에 배시도 결과는 어느 정도 이해하고 있었다.

실제로 거절을 당하자 낙담도 컸지만.

"봤다고!"

그때 그런 배시에게 말을 건네는 자가 있었다.

돌아보니 그곳에는 한 여자 엘프가 있었다. 부럽게도 남자 휴먼과 팔짱을 끼고서.

일류 전사 느낌인 여자 엘프는 배시도 본 적이 있었다.

그렇다, 배시에게 『참수리의 횃대』 정보를 알려준 그녀였다.

"너는……."

"소니아 님께 프러포즈를 할 줄이야! 감동했어! 오크도 그런 걸 할 줄 아는구나!"

"어어……."

아잘레아……라는 이름을 배시는 모르지만 그녀는 무척 흥분한 모습이었다.

"하지만 아쉽게 됐네. 아무리 네가 오크의 영웅이라도 그분은 절벽 위의 꽃이야."

"그런 모양이더군. 하지만 엘프는 아직 또 있다."

"뭐라고?"

아잘레아의 얼굴에 살기가 드리웠다.

그 반응에 배시도 주먹을 움켜쥐었다. 하지만 아잘레아는 금세 살기를 거두고는 "홋" 하고 웃었다.

"그런가…… 너는 오크니까."

"그게 뭔가 문제라도?"

"아니, 오크 경은 모르는 것 같지만 엘프는 한 남자가 여러 여자한테 가볍게 구애하는 걸 싫어해. 하물며 그만큼 대대적으로 소니아 님께 프러포즈를 했으니, 다른 사람한테 구혼하더라도 받아들이진 않겠지."

"그러니까 다른 엘프를 아내로 삼는 건 절망적이라는 소린가?"

"그렇겠네."

"으음."

배시는 신음했다.

설마 번쩍번쩍 목걸이를 쓸 수 있는 것이 단 한 번이라고는 생각도 하지 않았다.

하지만 전장에서도 그랬다. 기회라는 것은 대부분 한 번밖에 찾아오지 않는 것이었다.

그리고 기회를 잃고서야 처음으로 그것이 한 번밖에 없는 기회였다고 깨닫는다.

"그렇다면 어쩔 수 없군."

"낙담하지는 마. 너 정도 남자라면 금세 상대를 찾을 수 있어."

"그렇다면 좋겠다만."

낙담하지 말라고 해도 낙담할 수밖에 없었다.

설마 실패하리라 알면서도 취한 행동으로 시야에 들어오는 모든 엘프를 놓치게 되어버렸으니까.

아무리 맺고 끊는 것이 확실한 배시라도 분하기는 했다.

"그럼 나는 이만 실례할게. 승전 기념으로 달링이랑 식사할 거라서."

"저기, 실례하겠습니다……."

아잘레아는 그렇게 말하더니 유약해 보이는 안경 남자를 데리고 어딘가로 걸어갔다.

저것이 달링일 것이다.

이제까지 본 휴먼 중에서도 특히 더 약해 보이는 남자였다. 마법사로 보이지도 않았다.

오크의 상식으로 말한다면 결혼이라니 그야말로 꿈으로만 그칠 법한.

"잠깐만. 거기 남자한테 묻고 싶은 게 있다."

그렇기에 배시는 불러 세웠다.

아잘레아가 천천히 돌아봤다.

드래곤 같은 눈빛이었다. 혹시 달링에게 손을 댄다면 용서하지 않겠다는.

"너는, 어떻게 이 여자를 함락시켰지?"

"어?"

그 순간, 아잘레아의 시선이 남자 쪽으로 향했다.

그거 뭐야, 나도 물어보고 싶어. 그러는 것 같은 시선.

남자는 망설이고, 허둥대고, 당황하면서도 대답했다.

"전쟁 중에 아잘레아 씨가 제 목숨을 구해준 적이 있거든요. 서큐버스한테 붙잡혀서 몸도 마음도 너덜너덜, 이제는 안 된다고 생각했을 때…… 그러니까, 그게, 사례도 하고 은혜도 갚고 싶어서 엘프의 나라에 왔더니, 그게, 아잘레아 씨가 결혼 상대를 찾고 있어서, 그래서, 기회라고 생각해서, 저한테 아잘레아 씨는 절벽 위의 꽃이고 동경하는 사람이지만, 하지만 지금이라면 아잘레아 씨의 남편이 될 수 있을지도 모른다고, 그래서 애써 용기를 내서……."

"……그렇군."

배시는 스스로가 부끄러웠다.

아주 조금이지만, 어쩌면 이 남자는 무언가 비겁한 수단을 사용하지 않았느냐고 생각했던 것이다.

하지만 아니었다. 역시 기회는 한 번. 그것을 자기 것으로 만들지 못한다면 승리는 얻을 수 없다.

이 남자는 전사가 아닐지도 모르겠지만, 그것을 이해하고 정면으로 승부에 나섰다. 그렇기에 승리했다.

배시와의 차이라면, 배시는 승산이 없다는 것을 알면서도 싸움에 도전했고 남자는 승산을 찾았기에 싸움에 임했다는 것인가.

승산이 없는 싸움에 도전하는 것은 오크에게 수치가 아니다.

하지만 승리를 얻고 싶다면, 승산이 없는 싸움에 한 번뿐인 기회를 써서는 안 되었다.

어느 쪽이 옳다고 말할 수는 없다.

그렇다. 바라벤 장군과 대전사장 간다구자처럼…….

"참고하도록 하지, 감사한다."

"어, 아뇨…… 힘내세요."

남자는 꾸벅 머리를 숙이더니 아잘레아와 함께 떠났다.

어쩐지 조금 전보다도 아잘레아의 발걸음이 가볍고 남자와의 거리도 가까운 느낌이었다.

하트 표시가 오가는 것 같은 두 사람을 배시는 부러운 눈빛으로 배웅했다.

"오, 배시 형씨잖아!"

그런 배시에게 말을 건네는 자가 있었다.

돌아보니 그곳에는 역시나 남자 휴먼과 여자 엘프.

하지만 조금 전과 다르게 배시의 지인은 남자 쪽이었다.

『숨통을 끊는 자』 브리즈였다.

아니, 여자 엘프 쪽도 본 적이 있었나.

아마도 모든 것을 바치는 여자…… 그렇다, 드래곤이 상대라도 사력을 다해서 싸울 수 있다고 호언장담하던 여자였나.

"……너는 무사히 상대를 발견한 모양이군."

"그래, 덕분에 말이야."

브리즈는 인중을 길게 늘이고서, 자신에게 안겨드는 엘프의 허리 부근을 쓰다듬고 있었다. 엘프는 뺨을 붉히면서도 아무 말도 하지 않았다.

배시의 코에 어렴풋이 오크 나라의 번식장 같은 냄새가 나는 것을 보면 어젯밤에는 즐겼으리라.

배시의 입장에서는 그저 부러웠다.

자신은 이제 손에 넣을 수 없다.

"형씨는 이제 어떻게 할 거야?"

"그렇군……. 이 마을에서 할 수 있는 일은 이제 없는 모양이다만, 다음으로 가야 할 장소의 정보도 없다."

"아, 형씨가 이 마을에 온 이유, 사라져버렸으니 말이야."

오크 리치를 쓰러뜨리며 오크 좀비의 위협은 사라졌다.

게다가 엘프의 대마도사를 구하고 오크 제너럴 좀비까지 쓰러뜨렸으니까 오크의 긍지는 지켰다고 해도 과언이 아니었다.

배시 형씨의 일은 끝났다.

브리즈는 그렇게 생각했다.

"……하지만 그렇다면 하나, 신경 쓰이는 소문이 있어."

"뭐지?"

"뭐, 나도 자세히 아는 건 아니지만……."

"말해 다오."

"아니, 정말로 자세한 건 아니야. 드워프의 나라 도반가 공(孔)

에서 이번 같은 일이 벌어지고 있다는 소문이야."

이번 같은 일.

그 이야기에 배시의 뇌리에 딱 떠오르는 말이 있었다.

『다른 종족과의 결혼 유행』.

엘프의 나라에서는 조금 전의 빈약해 보이는 남자나, 자신과 비슷한 입장이던 브리즈도 상대를 찾을 수 있었다.

배시도 기회를 놓치고 말았지만 직전까지는 갔다.

선더 소니아라는, 손이 닿지 않는 상대에게 말을 걸고 말았기에 실패했지만 휴먼의 나라에서는 느끼지 못했던 '반응'이 있었다.

단 한 걸음. 그렇게 느껴졌다.

그렇기에 혹시 이번과 비슷한 상황이 된다면 다음에야말로 아내를 찾을 수 있을지도 모른다.

"알았다! 정보에 감사하지!"

"오오! 뭐, 힘들겠지만 열심히 해. 응원한다고!"

브리즈는 그렇게 말하고 떠났다.

"드워프인가."

"도반가 공은 여기서 똑바로 북쪽이에요."

"가자고."

"예! 어디까지나 함께 할게요!"

엘프의 나라에서 아내 찾기는 실패로 끝났다.

하지만 배시는 금세 마음을 다잡고, 이어지는 정보에 희망을 거는 것이었다.

◆

그날, 엘프의 나라가 크게 뒤흔들렸다.

어느 정보가 흐른 것이었다.

휴먼의 나라였다면 호외로 신문이 배포될 일이었다.

엘프에게 그런 문화는 없지만, 그러나 다름 아닌 선더 소니아의 소문이라면 이야기는 달랐다.

입에서 입으로, 순식간에 전파되었다.

『시와나시 숲에서 소니아 님을 범하지 않았던 건, 소니아 님이 너무나도 아름다우셨기에 오크가 진실한 사랑에 눈을 떴기 때문이었다!』

그 정보의 기세는 그야말로 순식간에 시와나시 숲을 벗어나, 며칠 안에 엘프 나라 전역에 다다랐을 정도였다.

에필로그

배시의 프러포즈로부터 며칠 뒤.

"설마 배시 경이 이쪽으로 온 건 소니아 님의 명예 회복을 위한 일이기도 했다니, 상상도 못 했습니다."

급속하게 선더 소니아의 악평이 사라지고 있었다.

오크가 그녀를 붙잡지 않았던 것은 할머니 냄새 탓이 아니었다.

오히려 감도는 색향이 오크를 매료시킨 것이다.

다시 말해 선더 소니아에게서는 굉장히 좋은 냄새가 난다.

그런 소문까지 흐르게 되어, 스쳐 지나가는 젊은 엘프가 냄새를 맡는 일이 많아졌다.

너무 그러다 보니 조금 부끄러워져서, 목욕을 하면서는 매번 반드시 좋은 향수를 뿌리게 되었을 정도였다.

"좀비 퇴치에 선더 소니아 님의 명예 회복…… 시와나시 숲에서 오크와 관련된 사건은 전부 배시 경 덕분에 해결되었군요."

"내 일은 사건이 아니잖아! ……하지만 그러네, 오크 나라에는 정식으로 사례를 해야겠어. 엘프가 부끄러운 줄도 모른다고 여겨질지도 모르니까!"

"탈취 정도로 부끄러운 줄 모른다고 생각하지는 않을 것 같습니다만."

"그러니까 내 일은 사건이 아니잖아!"

선더 소니아는 그러면서 창밖을 봤다.

거목의 최상층에서 펼쳐지는 시와나시 숲의 광경.

내화성 있는 붉은 지붕이 늘어선 평화로운 광경.

전시 중, 계속 바라마지 않았던 평온한 광경.

그대로 자신이 좀비에게 쓰러졌다면 이것을 잃었을지도 모른다.

그렇게 생각하면 배시에게는 아무리 감사해도 부족할 정도였다.

겸사겸사 화장대 위에 늘어선 향수에 대해서도, 감사해도 될 것이다.

"뭐, 그러니까 뭐냐! 처음에는 경계했지만 훌륭한 남자였어! 오크 중에는 바보에다 야비한 생각밖에 안 하는 녀석도 많지만, 역시나 영웅이라 불리는 녀석은 남들과 다르다는 건가!"

"소니아 님도 색다르시니까요."

"무슨 뜻이야!"

"하지만 이렇다면 결혼을 거절해버린 건 적잖이 아까운 게 아닙니까?"

"바보! 거절하지 않았다면 그야말로 할머니 냄새 이야기 그대로잖아!"

"하지만 결혼할 수는 있었습니다."

그런 것이었다.

배시의 프러포즈는 선더 소니아의 악평을 씻어냈다. 그 대신에 이번에는 지나치게 좋은 평판이 붙어버렸다.

『선더 소니아의 처녀성은 엘프에게 신성한 것으로, 그 누구도 침범해서는 안 된다.』

그런 소문이 나라 안팎을 불문하고 흐르게 된 것이었다.

그렇다면 국내에서는 선더 소니아에게 접근하려는 자는 더욱 줄어들고, 어렴풋한 희망이었던 다른 나라도 그런 소문이 도는 선더 소니아에게 손을 대려고 하지는 않는다.

손을 댔다가는 엘프 나라와 전쟁이 발발할 것은 눈에 선하기에, 선더 소니아의 결혼은 더더욱 멀어졌다고 할 수밖에 없었다.

조금 더 말하자면 처녀라는 것도 들켜버렸다.

토리카부토에게 "경험도 없으면서 기저귀는 잘 가시는군요"라며 야유를 들었을 정도로.

"흥! 흥! 누가 오크 따위랑 결혼하겠느냐! 그 녀석들, 자기 아내가 임신하면 알몸으로 거리에 과시하는 녀석들이라고?! 너는 괜찮다는 거냐? 내가, 다름 아닌 선더 소니아가 그런 꼴이 되어도!"

"배 속의 아이에게는 그다지 좋지 않을 것 같군요. 그래도 이 부근은 일 년 내내 기후가 온화하니까 괜찮지 않겠습니까?"

"엘프의 수치란 소리라고!"

"아―, 그러시면 안 됩니다, 선더 소니아 님. 전쟁에서 붙잡힌 엘프 중에는 그런 경험을 한 사람도 많습니다. 수치라고 한다면 차별에 해당한다고요? 괜찮은 겁니까? 나라를 위해서 싸운 자를 차별해도?"

"아, 아니, 딱히 동포를 차별할 생각은 없다고?! 그저, 역시 나는 부끄럽다고 할까, 그러네. 알몸은 그렇게 간단히 보여줄 게 아니라고 할까, 서방님한테만 보여줘야 한다고 할까, 그러네……."

쭈뼛쭈뼛 손을 문지르는 선더 소니아.

그녀는 결혼을 서두르고 있다. 상대는 누구라도 좋다고 생각하지만 결혼 후의 이상은 높다.

왜냐면 그녀는 엘프의 영웅, 선더 소니아니까.

"전쟁 중이라면 몰라도 조약으로 그런 건 금지되었으니까 그런 일은 당하지 않겠죠. 배시 경도 저렇게 보여도 신사인 모양이니까 소중하게 대해줄 거라 생각합니다만."

"우, 웃기지 마!"

선더 소니아는 팔짱을 끼고 벽을 향해 툴툴 화를 냈다.

하지만 그녀의 입가에는 미처 감출 수 없는 싱글싱글이 들러붙어 있었다.

다시 떠오르는 것은 바라벤 장군과의 싸움이었다.

그때는 증오스러운 오크가 찾아왔다. 이제 안 돼, 끝이라며 절망하고서 봤지만, 다시 생각하면 그만큼 안심이 되는 뒷모습은 없었다.

네게는 손가락 하나 건드리지 못하게 하겠다.

그런 말을 들은 것도 천이백 년을 살면서 오랜만이었다.

보호를 받는 입장도 나쁘지 않고, 뒤를 맡기고 싸울 수 있는 상대이기도 했다. 쉽게 얻을 수 없는 존재다.

그렇게 생각하면 생각할수록 기억 속의 배시는 점점 미화되었다.

지금 선더 소니아의 머릿속에서는 배시의 엄니가 백은빛으로 빛나고 있었다.

"뭐, 그 오크가 끈질기게 몇 번이나 구애한다면 조금은 다시 생각해줄 수도 있겠지만 말이다!"

"호오."

"엘프의 수명은 기니까 말이야. 하룻밤 정도…… 아니지, 녀석의 바람이니까 하나 정도라면…… 응. 체면을 생각해도 딱히 문제는 없겠지. 알몸으로 거리에 끌려나가는 건 사양이지만……. 오히려 내가 오크의 영웅과 부부가 된다면 오크와도 우호적인 관계를 구축할 수 있어. 엘프의 이익도 될 거야. 응. 엘프의 이익이 된다면 어쩔 수 없네! 응!"

토리카부토는 그 말을 들으며 어깨를 으쓱였다.

선더 소니아는 항상 그랬다.

가끔씩 이렇게 고집스레 입으로는 절대로 노라고 그러면서도 마음속으로는 예스로 기운다.

이런저런 이유를 붙이지 않고서는 예스라고 말하지 못하는 것이었다.

"그, 그래서. 그 녀석은, 배시는 어디에 있지? 딱히 결혼을 승낙하는 건 아니지만, 지금 한 번 다시금 감사를 표해두는 편이 낫겠지? 엘프의 대표로서 말이야! 그래!"

"배시 경이라면 소니아 님께 차인 다음 날에는 이미 여행을 떠났다고요?"

"어, 그래?"

"끈질기게 구애해줄 거라고 생각했습니까?"

"으윽…….."

"아무리 그래도 지나치게 얕본 게 아닙니까? 상대는 오크의 영웅이라고요? 전쟁 중, 선더 소니아 님 따위는 발끝에도 미치지 못할 만큼 좋은 여자를 잔뜩 붙잡은 남자라고요?"

"으그그……."

실제로는 한 사람도 붙잡지 않았지만, 그것을 아는 자는 없었다.

오크의 영웅이니까 당연히 전쟁 중에는 붙잡은 여자를 몇이나 범했다고 여겨졌다.

그런 행동을 비난하지 않는 것은 오크의 나라가 제재를 당하고, 오크들이 조약을 지키고 있기 때문일 뿐이었다.

지금은 전후, 다른 나라의 문화에 관용적이어야만 하는 것이다.

뭐, 그건 그렇다 치고, 선더 소니아의 얼굴이 새빨갰다.

자신이 좋은 여자라고 생각하지는 않았지만 정면에서 "상대가 될 리 없겠죠?"라고 그러면 분노와 수치로 머리에 피가 오를 수밖에 없었다.

"여, 여, 여……."

"?"

선더 소니아는 외쳤다.

"여행을 떠나겠다!"

"어."

"여행이다! 이런 나라에 있을 수 있겠느냐! 소문이 전해지지 않을 법한 곳에서 좋은 남자를 찾아내겠어!"

"……하아."

"말려도 헛수고다! 반드시 나갈 거야! 반드시!"

"……."

토리카부토는 갑자기 여행 이야기를 꺼낸 선더 소니아를 찬찬히 봤다.

선더 소니아는 확실히 갑작스럽게 이상한 소리를 꺼낸다.

농담 같은 소리를 기세가 넘쳐서 말해버린다.

이번에도 그런 부류일 것이다.

하지만…… 토리카부토는 그리 생각하고는 이윽고 훗, 웃었다.

"말리지 않겠습니다. 선더 소니아 님."

"어, 안 말려……?"

"예. 당신은 엘프를 위해 계속 애썼고…… 엘프는 당신에게 지나치게 의지했어요. 슬슬 당신은 아무런 근심도 없이 유유자적 보냈으면 하는 참입니다. 하지만 책임감이 강한 당신은 나라에 있으면 계속 우리를 걱정하고 말겠죠. 스스로 무거운 짐을 지고 말겠죠. 그렇다면 한동안 다른 나라로 위로 여행을 떠나서, 이런 평화로운 시대를 즐기는 것도 괜찮겠죠."

"……."

선더 소니아는 입을 다물었다.

말릴 것이라 생각했다. 해야 할 일, 잔뜩 있으니까.

"아니, 음…… 뭐, 네가 그렇게 말한다면…… 하지만 정말로 괜찮을까? 내가 없어도?"

"예. 뒷일은 맡겨주십시오. 저 토리카부토……만이 아니라 엘프 일동, 책임을 지고 나라를 지켜내겠습니다!"

"아, 그래……."

이렇게까지 확실하게 말해버리면 "아니, 지금 그건 그냥 기세를 타서 말해본 것뿐"이라고는 말할 수 없는 소니아였다.

"응. 그럼, 다녀올게."

"안녕히 다녀오십시오."

이리하여 선더 소니아는 여행에 나섰다.

각국 만유, 위로 여행을 빙자한…… 결혼 활동의 여행을.

◆

한편 그 무렵, 배시는 북쪽으로 이동하고 있었다.

나무들을 헤치고 수풀을 빠져나와, 목표는 북쪽.

브리즈에게 다음 목적지의 힌트를 얻었다.

아무래도 북쪽, 드워프 나라 도반가 공에서는 엘프의 나라와 비슷한 일이 벌어지는 모양이었다.

드워프 여자는 오크의 취향에서 조금 벗어난다.

배시도 휴먼이나 엘프랑 비교해서 그다지 좋아하지는 않았다.

하지만 이번에 휴스턴의 말을 따른 결과, 그만한 미인 엘프와 만날 수 있었던 것이다.

다음 역시 기대해도 될 것이다.

"이번에는 안 됐지만, 마음을 다잡고 가자고요! 다음도 힘내자고요—!"

"그래!"

배시는 간다.

요정과 함께.

후기

여러분 격조했습니다. 리후진 나 마고노테입니다.

우선은 이 자리를 빌려서 『오크 영웅 이야기』 제2권을 손에 들어주신 여러분께 감사를 드리겠습니다.

여러분, 정말로 감사합니다.

이번에는 이번 2권을 쓰는 계기가 된 일에 대해서 이야기를 할까 합니다.

그것은 서력으로 2018년 중순 정도였을까요.

당시에 어둠의 라이트 노벨 작가 사이에서 어떤 행위가 유행하고 있었습니다.

『엘프의 숲을 불태운다.』

그렇습니다, 어둠의 라이트 노벨 작가들은 마치 경쟁하듯이 몰래 엘프의 마을에 불을 지르고, 고향을 잃은 엘프들의 모습을 보고, 희열에 찬 미소를 짓고, 끝내는 자신이 어떤 숲을 불태웠는지를 SNS에 투고하고, 잡혀온 엘프들의 말로를 트로피처럼 자랑스럽게 과시한 것입니다. 지독한 이야기군요.

그런 광경을 보고 저는 생각했습니다.

나도 엘프의 숲을 불태우고 싶어……가 아니었지, 저는 오히려 숲이 타버린 엘프를 구하고, 엘프와 알콩달콩하고 싶다는 생각을 했습니다.

그렇게 생각한 것은 같은 해에 공개된 어느 영화가 계기였습니다. 『이별의 아침에 약속의 꽃을 장식하자』.

영화에 나온 종족은 엘프라는 명칭이 아닙니다만, 조금 어린 모습을 한 장수 종족이라는 엘프와 비슷한 종족입니다. 마을도 불탔습니다.

세세한 내용에 대해서는 스포일러가 될 테니까 감추겠습니다만, 어쨌든 좋은 영화입니다.

그 영화를 본 저는 강렬한 영감을 받고, 다음 작품에서는 반드시 엘프의 마을을 태워주겠다고 마음먹…… 아니지, 엘프를 구해서 알콩달콩하자고 마음먹었습니다.

뭐 그게, 그래서 말이죠, 구한다는 건, 그렇죠? 역시 한 번, 위기에 빠뜨려야만 하는 게 아니겠습니까? 그렇다면 숲이 타버리는 것도 뭐, 어쩔 수 없는 일이지 않습니까? 그게 말이죠, 구하고 싶으니까. 그렇죠, 이해하시겠죠?

그리하여 저는 엘프의 숲에 불을 지르기로 했습니다.

하지만, 이 무슨 일일까요.

불타지를 않는 겁니다!

『오크 영웅 이야기』에서는 엘프는 불에 대한 대책을 세워서, 가옥은 모두 내화성 높은 도료로 칠해져 있었습니다. 그래요, 우리 엘프는 불에 강했던 겁니다!

잘 생각해 보면 오랜 세월 다른 나라와 전쟁을 벌이던 엘프가 자신들의 약점을 그대로 둘 리가 없다는 이야기로군요. 조금 더 말하자면, 그것을 엘프만이 사용하는 것도 이상한 이야기. 뭣하면 엘프 측의 세력만이 사용하는 것도 이상한 이야기.

그런 이유로 적인 오크도 갑옷에 같은 도료를 발라서 불을 극복하고 있습니다. 이 세계의 종족은 대체로 불에 강합니다.

대책과 노획과 흉내. 이런 것을 쓸 수 있는 것이 판타지의 재미있는 부분이겠죠.

그런 부분부터 반대로 엘프가 불을 사용하고, 불에 약한 오크 좀비가 대책을 취한다는 방향으로 흘러갔습니다.

그리고 위기의 엘프, 그것을 구하는 오크의 영웅. 마주 보는 눈과 눈, 가까워지는 마음과 몸, 그런데도 차이는 오크의 영웅, 그런 겁니다.

이리하여 『오크 영웅 이야기』 2권은 완성되었습니다.

만족도 높은 이야기가 완성되지 않았을까 생각합니다.

숲을 불태우지 못했던 것만이 아쉽네요!

그런 참에, 페이지가 남아버렸으니까 여기서부터는 게임 『고스트 오브 쓰시마』에 대해서 이야기를 해볼까 합니다.

『고스트 오브 쓰시마』는 서커 펀치 프로덕션이 개발한 PS4용 게임.

원의 일본 정벌을 소재로 삼은 작품으로, 쓰시마에 몽고가 쳐들어와서 점령하고 그것을 주인공인 사카이 진이 어떻게든 헤쳐 나간다는 스토리입니다.

진 군은 존경하는 어르신에게 "무사답게 명예로운 싸움을"이라는 가르침을 받았기에 무사답게 행동하고자 하지만, 몽고가 무한하게 솟아나오는 것과 달리 진 군은 혼자. 정공법으로는 어떻게 할 수도 없어서 사무라이답지 않은 비겁한 방법으로 싸워야만 하기도 합니다. 무사답고자 하는 진 군과 그러다가는 구할 수 없는 사람들, 그럼에도 무사다우라고 타이르는 진 군이 존경하는 어르신…… 그런 마찰에 고민하는 한 남자의 이야기입니다.

로케이션도 아름다워서 깔린 낙엽이나, 낙엽으로 물든 산, 억새로 가득한 초원 등등 일본다우면서 아름다운 풍경이 펼쳐집니다.

그런 풍경을 여행하며 무사란 무엇인가, 명예란 무엇인가를 생각하면서 몽고를 쓰러뜨리고 쓰시마를 구하는, 그런 게임입니다.

자, 그런 『고스트 오브 쓰시마』입니다만 시월 말에 업데이트가 진행되어 온라인 협력 플레이 모드가 추가되었습니다.

틀림없이 본편의 추가 스토리 같은 것을 여럿이서 공략하는 내용이라 생각했습니다만, 세상에나 깜짝, 본편과는 전혀 관계가 없는 완전 오리지널 시나리오가 기다리고 있던 것입니다.

"평화로운 쓰시마로 쳐들어온 것은 『어둠의 몽고』! 그들의 리더인 『이요』는 사법을 사용하며 오니과 텐구를 사역하고, 해가 뜨는 나라의 신을 붙잡아서 힘을 흡수하여 쓰시마를 멸망시키려고 한다. 망령들이여, 지금 당장 일어나라!"

이제까지의 리얼리티 넘치는 일본다운 스토리에서는 생각할 수도 없을 만큼 엉뚱한 스토리입니다.

그리고 이만큼 판타지스러운 내용인데도 무척 재미있단 말이죠.

우선 이런 쪽의 온라인 게임인데도 판단력 없는 초보가 거의 존재하지 않습니다. 그야 그렇겠죠. 대부분의 플레이어는 진으로서 쓰시마를 구한 숙련된 망령들이니까요. 그들과 함께 협력 플레이로 적들을 팍팍 쓰러뜨리고, 마지막에는 이요 앞에 다다라서 다양한 어트랙션을 돌파하고 야망을 저지한다. 재미없을 리가 없죠.

조작 방법도 개선되어서, 본편에서는 무척 번잡했던 무기 전환을 역할에 따라 사 등분 하여 심플하게 만들었습니다. 무척 즐기기 편해졌습니다.

단 하나 단점이 있다면, 최종장. 이요와 싸우는 부분만큼은 가까운 넷이서 파티를 만들지 않고서는 클리어할 수 없다는 점입니다.

하지만 만족도는 높으니까 『고스트 오브 쓰시마』를 한 적이 없는 사람은 지금부터라도 네 사람을 한 번 모아보세요.

길어졌습니다만······.

이번에도 멋진 일러스트를 그려주신 아사나기 씨, 『무직 전생』 쪽의 일 때문에 주력하지 못하여 많은 폐를 끼쳤습니다 편집 K 씨, 그밖에 이 책에 관여해주신 모든 분. 또한, 소설가가 되자 쪽에서 갱신을 기다려주시는 독자 여러분.

이번에도 정말 감사했습니다.

ORC EIYU MONOGATARI Vol.2 SONTAKU RETSUDEN
©Rifujin na Magonote, Asanagi 2020
First published in Japan in 2020 by KADOKAWA CORPORATION, Tokyo.
Korean translation rights arranged with KADOKAWA CORPORATION, Tokyo.

오크 영웅 이야기 2 ~촌탁 열전~

2023년 8월 15일 1판 2쇄 발행

저　　　자 리후진 나 마고노테
일러스트 아사나기
옮 긴 이 손종근
발 행 인 유재옥
본 부 장 조병권
담당편집 정영길
편 집 1 팀 김준균 김혜연
편 집 2 팀 정영길 조찬희 박차우 정지원
편 집 3 팀 오준영 이해빈 이소의
편 집 4 팀 전태영 박소연
미　　　술 김보라 박민솔
라이츠담당 김정미 맹미영 이윤서
디 지 털 박상섭 김지연 윤희진
발 행 처 ㈜소미미디어
인쇄제작처 코리아피앤피
등　　　록 제2015-000008호
주　　　소 서울 마포구 토정로 222, 403호(신수동, 한국출판콘텐츠센터)
판　　　매 ㈜소미미디어
마 케 팅 한민지 최정연 박종욱 최원석 박수진
물　　　류 허석용
전　　　화 편집부 (070)4164-3962, 3963 기획실 (02)567-3388
　　　　　　판매 및 마케팅 (070)4165-6888, Fax (02)322-7665

ISBN 979-11-384-1295-7 04830
ISBN 979-11-384-1035-9 (세트)